婚約破棄された公爵令嬢は森に引き籠ります

黒のグリモワールと呪われた魔女

春野こもも

22625

角川ビーンズ文庫

CONTENTS

婚約破棄された公爵令嬢は森に引き籠《こも》ります
黒のグリモワールと呪われた魔女
人物紹介
エルネスト
隣国・ダルトワ帝国の魔法騎士
かつて自分を殺そうとした黒き魔女を捜している
クロエ
ブリュノワ王国にあるルブラン公爵家の長女
黒の書を持つ、魔導書グリモワールの正統な継承者

ミレーヌ

白の書を持つクロエの妹
レオナールの新たな婚約者となる

レオナール

ブリュノワ王国の王太子
クロエとの婚約を破棄する

ハル

クロエのグリモワールから
召喚される幻獣ハルピュイア
普段は人間の姿になっている

アンジェリク

森で助けた少女

イラスト／iyutani

第一章　婚約破棄……そして

王宮の夜会に招かれたのは本当に久しぶりだ。十四歳のデビュタントで参加して以来だから、約二年ぶりになるだろうか。けれど今夜はたった一人で王宮の広間へと来ることになった。

王太子のレオナール殿下《でんか》と私は八年前に婚約《こんやく》を結んだ。けれど殿下が今夜エスコートしたのは婚約者の私ではなく、妹のミレーヌだ。

今目の前では、殿下がミレーヌの腰《こし》をぐっと抱《だ》き寄せて立っている。一方ミレーヌは殿下の傍《かたわ》らにぴったりと寄り添っている。

多くの貴族が見守る中で、殿下とミレーヌ、そして王太子の側近たちが険しい表情を浮《う》かべて私の前に並んでいた。そんな物々しい雰囲気《ふんいき》の中、殿下がひときわ大きな声をあげる。

「クロエ・ルブラン。我がブリュノワ王家の名において、私、レオナール・ブリュノワはお前との婚約を破棄《はき》する」

突然《とつぜん》投げかけられた殿下の言葉を聞いても、それほど驚《おどろ》くことはなかった。いつかはこんな日が来るだろうと予想していたからだ。

目の前の見目麗《みめうるわ》しい婚約者……もとい、元婚約者は氷のごとく冷たいアイスブルーの瞳《ひとみ》を躊《ちゅう》躇《ちょ》なく私に向けている。

殿下の陰《かげ》に隠《かく》れているために他の者には見えないようだけれど、ミレーヌは断罪されている私を見て得意げな笑《え》みを浮かべていた。

背中まで伸《の》ばしたミレーヌのストロベリーブロンドの髪《かみ》はふわりと柔《やわ》らかなウェーブを描《えが》いており、顔立ちは華《はな》やかで美しく大きな瞳が印象的だ。その上庇護欲《ひごよく》を誘《さそ》う仕草をするミレーヌは、いつも男性たちの中心にいた。

目の前で尊大に見下ろしてくる我が元婚約者殿《どの》に、私は説明を求める。

「恐《おそ》れ入りますが、殿下。婚約を破棄すると仰《おつしや》る理由をお伺《うかが》いしてもよろしいでしょうか」

「それはお前が正統なグリモワール継承者《けいしようしや》であるミレーヌを不当に虐待《ぎやくたい》したからに他ならない」

「ミレーヌが正統な継承者……」

一体いつからそんな話になっているのだろう。誰《だれ》がそんなことを言ったのだろう。

「グリモワールの正統な継承者は王家の庇護下にある。それを害するは我が王家を害するも同義。本来ならば極刑《きよつけい》に値《あたい》するものと思え」

「虐待、ですか……」

殿下が言っていることは全く身に覚えがない。事実無根の言いがかりだ。けれど出所は大体想像がつく。

魔《ま》導《どう》書グリモワール——それは我がルブラン家の血筋に備わる特別な力だ。あるときは国を癒《いや》し、あるときは国を害する敵を排除《はいじょ》し、そしてあるときは国を防護する。ルブランの血を受け継《つ》ぐ女性は全《すべ》て、赤の書、青の書、白の書といったグリモワールのいずれかを体内に宿してこの世に生を受けるのだ。

　今回、ブリュノワ王家はグリモワールの正統な継承者を妃《きさき》として迎《むか》えることにした。グリモワールの血筋を王家に入れたいのだろう。そこでルブランの長子である私に白羽の矢が立ったのだけれど……。

「婚約者がお前のような地味な女であることがずっと屈辱《くつじょく》的だったのだ」

「……申し訳ございません」

「フン。これでようやくお前との縁《えん》が切れる。私はこの婚約破棄をもって新たにミレーヌ・ルブランとの婚約を結ぶこととする」

「嬉《うれ》しいですわ、レオさま……」

　うっとりと殿下を見上げながら、ミレーヌがその腕《うで》に豊満な胸を寄せてしなだれかかった。愛称《あいしょう》呼びを許されるほどに殿下との仲が親密なのだろう。

（確かに私は地味だものね……）

　殿下の言う通り、私は誰が見ても間違《まちが》いなく地味な令嬢《れいじょう》だ。黒の太いフレームの眼鏡《めがね》のレンズから覗《のぞ》くのは小さくて茶色の平凡《へいぼん》な瞳。青白い頬《ほお》はそばかすだらけ。そして腰まで真っ直《す》ぐ伸びた銀色の髪を後ろで三つ編みに纏《まと》めている。

時間があるときは、いつも図書室で本を読んでいる。他の令嬢との交流がなく学園にいるほとんどの時間を一人で過ごしていた。殿下には無口で無表情でつまらない地味女だと会うたびにいつも罵《ののし》られたものだ。

殿下の陰で薄笑《うすわら》いを浮かべていたミレーヌが、一瞬《いっしゅん》のうちにその紫紺《しこん》の瞳を悲しみの涙《なみだ》で潤《うる》ませる。見事な変わり身に思わず感心してしまう。

「お姉さま、私はいくら妬《ねた》まれても、お姉さまが呪《のろ》われた魔女でも、決して恨《うら》んだりはしませんわ。だってたった一人の大切なお姉さまですもの……」

「そう、ありがとう。……けれどミレーヌ、貴女《あなた》は自分こそが正統な継承者だと名乗りを上げたのよね？」

「そんな！　私は何度もお姉さまこそが正統な継承者だと申し上げたのですけれど……」

ミレーヌは扇子《せんす》で口元を覆《おお》いながら悲しげに睫毛《まつげ》を伏《ふ》せた。大きな涙の雫《しずく》がポロリと頬を伝う。

悲しげに涙ぐむミレーヌをちらりと見たあと、王太子の側近で宰相《さいしょう》の息子《むすこ》でもあるリオネル・ブルジェが、クイッと銀縁《ぎんぶち》眼鏡のフレームを指で上げて口を開いた。

「クロエ。お前の持つ黒の書は、聞けば何の役にも立たぬゴミだというではないですか。よくも今まで謀《たばか》ってくれたものですね。このミレーヌ嬢の持つ白の書こそが国を癒し守る正真《しょうしん》正《しょう》銘《めい》のグリモワール。これを守ることが王家の使命です。それなのにお前は心優《やさ》しいミレーヌ嬢

を害して、その命をも脅《おびや》かしたのですね」

私はリオネルの言葉を聞いて大きな溜息《ためいき》を吐《つ》いた。ミレーヌの証言だけで何の裏付けもないというのにここまで断言するとは。

幼いころからミレーヌは二人だけのときに限って感情的に挑発《ちょうはつ》してくる。挑発に乗るのも馬《ば》鹿《か》馬鹿しいので、全く関《かか》わらなかったけれど。

そしてお父さまはそんな私を、無表情で可愛《かわい》げがないと言って愛してくれることはなかった。だから私とお父さまとの家族としての絆《きずな》もほとんどないようなものだ。

唯一《ゆいいつ》私を愛してくれたお母さまは、幼いころに何者かによって毒殺されてしまった。ルブランの正統な継承者であるお母さまを疎《うと》ましく思っていた者の犯行だろう。けれど未《いま》だに首謀者《しゅぼうしゃ》が判明していない。

棺桶《かんおけ》の中に横たわって冷たくなってしまったお母さまの亡骸《なきがら》を前にして私は震《ふる》えた。体を震えさせたのは悲しみではなく底知れないほどの怒《いか》りだった。事件からしばらくして国による捜《そう》査《さ》が打ち切られてからは、たった一人で首謀者の割り出しに腐心《ふしん》した。

「お言葉ですが殿下、私がミレーヌを虐待したという証拠《しょうこ》が一体どこにあるのでしょうか」

「証拠か。証拠ならお前の父、ルブラン公爵《こうしゃく》と公爵家の使用人たち、そしてミレーヌの証言で十分だろう」

「……そうですか」

私は殿下の言葉を聞いて少なからず落胆《らくたん》した。お父さままでもが私を陥《おとしい》れようとしていることが分かったからだ。愛されていないとは思っていたけれど、まさか憎《にく》まれているとまでは思わなかった。家族としての関係はもうとっくの昔に破綻《はたん》していたのだろう。改めて自分の孤独《こどく》を噛《か》み締《し》める。

「婚約破棄の件、承知いたしました。どうぞ陛下にも了承《りょうしょう》の旨《むね》をお伝えください。私はこれにて失礼いたします」

八歳で婚約してから、私なりにレオナール殿下といい関係を築こうとしてきた。けれど殿下はいつも私に対して冷たかった。夜会にエスコートしてもらったこともなければ、花の一本すらも貰《もら》ったことがない。

けれどそれでも構わなかった。愛のある結婚を夢見たこともあったけれど、政略結婚というものはお互《たが》いを尊重し合っていけばそれでいいと割り切っていたからだ。

けれどミレーヌが学園に入学した三年前から、殿下とミレーヌが仲睦《なかむつ》まじく寄り添う姿を度々《たびたび》目にするようになった。隠れて逢引《あいびき》するのならばまだいいけれど、婚約者のいる身で白昼堂々と学園の中庭で睦み合っているのだ。

（最初に目にしたときは、それなりにショックを受けたわね……）

最初のうちは胸が痛んだ。地味で凡庸《ぼんよう》な私の容姿にも原因があったのだろうけれど、そんな外聞の悪い様子を平気で公《おおやけ》に晒《さら》す殿下《でんか》を見続けて、これが一国の王太子の姿なのかと呆《あき》れてしまう気持ちのほうがそのうち強くなった。それからというもの、殿下から距離《きょり》を置いて二人の状況《じょうきょう》を静観するようになったのだ。

広間から出ようと踵《きびす》を返した私に、背後から突然《とつぜん》声がかけられる。

「まさかこのまま帰れるなんて思ってないよね？」

私は振《ふ》り返って声の主を確かめた。声をかけてきたのは王太子の側近で天才魔道士と評判の高い、子爵令息のアラン・マルシェだ。

アランもまた殿下同様、貴族令嬢の間で人気が高い。紅顔の美少年だとかなんとか言われているらしい。実は童顔なだけで殿下と同じ十八歳だったりするのだけれど。

アランはニヤリと笑うと、私に向かい両手をかざして、突然風の刃《やいば》を放ってきた。

私は咄嗟《とっさ》に両腕を交差させて顔を庇《かば》うように覆う。けれど私の全身に巻きつくような風の刃によって、ドレスが無惨《むざん》に切り刻まれていく。

「くっ！」

容赦《ようしゃ》ない魔法の攻撃《こうげき》になす術《すべ》もなく片膝《かたひざ》をついてしまった。するとようやく攻撃を止めたアランが私を睥睨《へいげい》して鼻で笑った。かろうじて下着にまでは達しなかったけれど、私のドレスはビリビリに破れてしまった。そして体のあちこちが風の刃による裂傷《れっしょう》で出血している。

（……まったく。淑女《しゅくじょ》のドレスを切り刻むなんて下劣《げれつ》な趣味《しゅみ》でも持っているのかしら）

アランは蔑《さげす》むような眼差《まなざ》しを私に向けて、吐《は》き捨てるように言葉を放つ。

「あんたは僕たちのミレーヌ嬢を傷つけたんだ。このくらいで済んでありがたいと思うんだね！」

「……」

これ以上は何を言っても無駄《むだ》だろう。この男《アラン》は完全にミレーヌを信じ切っているらしい。

私はずり落ちそうになっていた眼鏡を直しながら、膝の埃《ほこり》を払《はら》って立ち上がろうとした。すると今度は突然腕を背後から掴《つか》まれて後ろ手に拘束《こうそく》される。

「痛っ……！」

凄《すご》い力で両腕を掴まれて激痛が走った。両膝を床《ゆか》についたまま、這《は》いつくばるような姿勢を余儀《よぎ》なくされてしまう。なんとか後ろを振り向いてみると、騎士《きし》団団長の息子であり騎士でもある、トリスタン・ロカールが鬼《おに》のような形相で私を睨《にら》みつけていた。

トリスタンは美貌《びぼう》の若手騎士として貴族令嬢に人気だ。けれど私には騎士とは名ばかりのドS男としか思えない。自分よりも力の弱い女性に対してこのような無体を平然と働くのだから。

「この毒婦めが！　我が国の至宝を脅かさんとするとはな！」

私の両腕を後ろ手に拘束したまま、トリスタンが低く唸《うな》るように吐き捨てた。そんなトリスタンに殿下がせせら笑いながら声をかける。

「まあ、待て。こんな性根《しょうね》の腐《くさ》った女でも、一度は私の婚約者《こんやくしゃ》だった女だ。それに王宮の広間を血で汚《よご》すわけにもいくまい。ルブラン公爵もこの女を放逐《ほうちく》すると言っていた。忌々《いまいま》しいことに、血筋のせいでルブランの名を取り上げることはできないらしいがな」

「なるほど。公爵家を追い出されれば、貴族令嬢《れいじょう》など丸裸《まるはだか》で放《ほう》り出されたも同然。この悪女が底辺を這いずるさまを見るのもまた一興か」

そう言って私の腕を放し、ニヤリと笑う騎士トリスタンの悪辣《あくらつ》な言葉が聞くに堪《た》えない。本当に何という悪趣味な男たちだろう。重ねて先ほど私を風の刃で攻撃してきた魔道士《まどうし》アランが口を開く。

「僕はまだ気が済まないんですけどねぇ」

「フン。いい考えだとは思いますが、これ以上手を出すと美しい広間が血で汚れてしまうのでやめてくださいね」

アランの言葉に宰相の息子リオネルが口惜《くや》しそうに吐き捨てた。もはや何も言うことはない。この吐き気のする淀《よど》みきった空間から、そろそろお暇《いとま》させてもらうことにしよう。

俯《うつむ》いていた私は眼鏡を直してゆっくりと立ち上がり、ビリビリに破れたドレスの裾《すそ》に付いた埃を両手で払った。

そして殿下のほうを向いて、非の打ち所のない完璧《かんぺき》なカーテシー《お辞儀》をしてみせながら暇を告げる。

「皆《みな》さま、大変お世話になりました。どうか末永く幸せにお暮らしくださいませ。それではこれにてお暇させていただきます。ご機嫌《きげん》よう」

淡々《たんたん》と言葉を紡《つむ》ぐ私を見て、殿下をはじめ、ミレーヌや側近、そして高みの見物をしていた貴族たちは、皆一様にあんぐりと口を開けている。

貴族令息たちの悪辣な言動に、侮蔑《ぶべつ》の気持ちを覚えこそすれ怒りが湧《わ》くことなどない。踵を返して背筋を伸《の》ばし、広間の出口へ向かって悠然《ゆうぜん》と歩みを進める。

出口に近付いて誰《だれ》の目にも触《ふ》れないことが分かると、込みあげてくる感情を抑《おさ》えきれず、不覚にも僅《わず》かに口角を上げてしまった。

私はボロボロのドレスを身に纏《まと》ったまま公爵家の馬車に乗り込んだ。出発した馬車に揺《ゆ》られながら窓から街灯に照らされた夜の街を眺《なが》める。この街の風景も見納めだ。あまり街中を歩く機会はなかったけれど、唯一幼いころお母さまと歩いた祭りの思い出だけは懐《なつ》かしい。

「もうこの街を目にすることはないかもしれない……」

街を眺めながら小さな溜息《ためいき》を吐《つ》いてしまった。無意識に腕《うで》を摩《さす》ると、風の刃で切られた傷がまだぴりぴりと痛む。私は痛みを堪《こら》えながら大人しく屋敷《やしき》に到着《とうちゃく》するのを待った。

屋敷に帰宅したあと、馬車を降りて入口の扉《とびら》から中へ入った。誰の出迎《でむか》えもない。屋敷の使用人たちはお父さまと妹だけに従い、私のことは同列にすら見ていない。それどころかまるで透明《とうめい》人間であるかのような扱《あつか》いだ。食事すら出してもらえないから、勝手に調理場へ入って自分で作って食べていた。使用人たちには疎《うと》ましく思われているようだけれど、流石《さすが》にその行為《こうい》を窘《たしな》めようとする者はいない。積極的な嫌《いや》がらせをされるわけではないので、生活する分には何の問題もなかった。身の回りの世話をしてもらえることはないけれど、自分のことを自分でやればいいだけだから。

けれどそのような生活ももうお終《しま》いだ。今日、私はこの屋敷を出ていく。その前にお父さまにご挨拶《あいさつ》をしなければ。

偶然《ぐうぜん》廊下《ろうか》を歩いていた侍女《じじょ》を見かけたので尋《たず》ねてみる。

「お父さまはどちらにいらっしゃるのかしら？」

「……書斎《しょさい》に」

「そう、ありがとう」

侍女は足を止めることもなく、前を向いたまま面倒臭《めんどうくさ》そうに私の質問に答えた。幼いころから大体いつもこんな感じだった。無視されないだけましだ。今さら無礼だとも思わない。八歳のときにお母さまが亡《な》くなってからは、ずっとこうだ。用事を頼《たの》んだら一応は「承知しました」という言葉が返ってくる。けれどそれっきり何もなされることはない。

それからというもの使用人に頼《たよ》るのを諦《あきら》めて、私は屋敷の中で自由に過ごすようになった。

これまでの生活を思い出しながら、お父さまに会うために書斎へと足を向けた。扉の前でノックをすると、内側から入室を許可する返事があったので中へと入った。

お父さまは執務《しつむ》机の椅子《いす》に座って書類仕事をしていた。私が向かい側に立っても、こちらを見ることもなく手元の書類に目を向けたまま作業を続けている。

「お父さま、ただいま帰りました」

私がそう言うと、お父さまはペンを置いてようやく私を見た。まるで路傍《ろぼう》の石ころでも見るような眼差しだ。そして面倒臭そうに溜息を吐いて口を開く。

「まだいたのか。この家はもうお前の家ではないのだ。さっさと出ていくがいい。そして二度と足を踏《ふ》み入れるな」

このようにボロボロにされた娘《むすめ》の姿を目にしても、事情を聞くどころか労《いた》わりの言葉すらない。お父さまの心の中には私などもとから存在していないのだろう。

このルブラン公爵《こうしゃく》家の屋敷は元々お母さまのものだった。けれど男子しか爵位を持てないこの国では、入り婿《むこ》のお父さまが公爵位を継《つ》ぐことになった。

一方屋敷そのものはグリモワールの正統な継承者《けいしょうしゃ》が受け継ぐものと昔から決まっている。恐《おそ》らくこのままいけば、自らを正統な継承者だと主張しているミレーヌがこの屋敷を受け継ぐことになる。

けれどミレーヌがレオナール殿下と婚約したあかつきには、実質的な屋敷の持ち主はお父さまということになるだろう。

「準備ができ次第《しだい》すぐにお暇いたします。その前にご挨拶をしたいと思い、お伺《うかが》いしました。……その前にお父さま、いくつかお聞きしたいことがあるのですが、よろしいですか？」

「……なんだ」

お父さまは口を開くのも面倒臭いといった様子で横柄《おうへい》に答えた。

「お父さまは、なぜありもしない事実を王太子殿下《でんか》に証言なさったのですか？」

「ありもしないか……。だがミレーヌはお前に虐《しいた》げられてつらいと泣いていたぞ」

「そんな事実はありません。お父さまは私が虐《いじ》めていたところをご覧になったわけではないですよね」

「ミレーヌが言うのだから間違《まちが》いないだろう。違うと言うのなら証拠《しょうこ》を持ってこい」

ミレーヌの言葉には証拠が要《い》らないのに、私の言葉には必要なのか。

「虐めていた証拠だって存在しないではないですか」

「ミレーヌの証言だけで証拠としては十分だ。ミレーヌとお前のどちらを信じるかと問われれば、この屋敷の者は全員ミレーヌと答えるだろう。無論私もだ」

言っていることが滅茶苦茶《めちゃくちゃ》だ。あまりに理不尽《りふじん》な理屈《りくつ》に思わず溜息が零《こぼ》れてしまった。

「承知しました。もう結構です。最後にもう一つだけお聞きしてもいいですか？」

「……さっさと言え」

「お父さまは私のことがお嫌《きら》いですか？」

「……」

お父さまはしばらく黙《だま》り込んだあと、無言で書類仕事を再開した。答えてくれる気はないようだ。

私は最後にお父さまの言葉でお父さまの本心を聞きたかったのだ。けれどお父さまの本心を知ることは、もう一生ないのかもしれない。きっと歩み寄らなかった私にも責任があるのだろう。いずれにせよ親子関係はもう破綻《はたん》している。

いい頃合《ころあ》いだったのかもしれない。これほどまでに断絶しているならば、何の未練もなく屋敷を去ることができる。

「お父さま、この世に私という命を授《さず》けてくださってありがとうございました。そして今までお世話になりました。どうぞいつまでも元気でお過ごしください。……ご機嫌よう」

「……」

お父さまは無言のまま最後まで顔を上げて見ることはなかった。私は少し悲しくなったけれど、カーテシーをしたあとお父さまの前を辞した。

お父さまの書斎を出たあと私室へと向かった。そしてビリビリに破れたドレスを脱《ぬ》いで、クローゼットの中にあったシンプルな青色のワンピースを身に着けた。

部屋にある私物をトランクに詰《つ》めていく。大事なものはすでに新居へと運んでいる。私は荷物を詰めたトランクを一つだけ持ってバルコニーへ出た。

「静かな夜……」

辺りはしんと静まり返っている。まるでこの世に自分一人しか存在していないかのようだ。

手摺《てす》りに手を置いて月のない星空を仰《あお》いだ。そしてそっと目を閉じて夜の空気の匂《にお》いを嗅《か》ぐ。

ひんやりとした夜風が傷に染《し》みる。

傷が痛んだことで、女性相手に容赦《ようしゃ》のない仕打ちをした魔道士《まどうし》アランと騎士《きし》トリスタンのことを思い出して気分が悪くなってしまった。目を開けて痛みの残る手首を見ると、トリスタンに摑《つか》まれた痕《あと》が内出血を起こして残っている。

「痕になってるじゃない……。やりたい放題やってくれちゃって」

夜会では、あえて軽い怪我《けが》を負うようにグリモワールの力で張った防御《ぼうぎょ》結界を最小限に止《とど》めておいた。レオナール殿下と側近たち、そしてミレーヌに勝利を確信させるために。

殿下と側近たちはミレーヌを妄信《もうしん》して騙《だま》されていたのか。それとも最初から共謀《きょうぼう》して私を陥《おとしい》れようとしたのか。女性に対するあの卑劣《ひれつ》な扱いを思い出すと、いずれにせよどうしようもないほど性根《しょうね》が腐《くさ》っているとしか思えない。

私は左手を胸の辺りの高さに掲《かか》げて掌《てのひら》を上に向けた。

「グリモワール」

詠唱《えいしょう》とともに掌の上に眩《まばゆ》い黄金の光に包まれた漆黒《しっこく》のグリモワール……黒の書が現れた。黒の書は全体が闇《やみ》のような漆黒で、表紙と背の部分に金色の文字が刻まれている。この国の文字ではない古代の魔法国家で使われていた文字だ。そして表紙には『真理の書』と書かれてある。

黒の書のページがペラペラと捲《めく》れて白い光を放った。私の全身に及《およ》ぶ裂傷《れっしょう》が、淡《あわ》く白い光に包まれてみるみるうちに塞《ふさ》がっていく。そして治癒《ちゆ》が完了《かんりょう》すると同時に、黒の書は掌の中に吸い込まれるように消えた。

「黒の書が役に立たない？　フフッ」

ミレーヌが宿す白の書は治癒と防御のグリモワール。赤の書は魔術のグリモワール。青の書は召喚《しょうかん》のグリモワール。……そして全《すべ》てのグリモワールを統《す》べるのが黒の書、全能のグリモワールだ。

黒の書の力は黒以外のグリモワールを遥《はる》かに凌駕《りょうが》する。黒の書の持ち主こそが正統な継承者だ。このことを知っているのは黒持ちだったお母さまと私だけ。

そしてグリモワールの力を行使する際には己《おのれ》の体内にある魔力を消費する。ミレーヌは恐らく一度に数人を治癒できる程度の魔力しか持たないだろう。そのことを自覚しているのかは分からないけれど。

「ミレーヌが継承者として名乗り出てくれたのは僥倖《ぎょうこう》だったわ。すぐにばれないといいけれど……」

一方、私の魔力は桁外《けたはず》れに大きい。この国全てに結界を張っても魔力切れを起こすことはないだろう。召喚し得る全ての幻獣《げんじゅう》を召喚したとしてもだ。

代々黒持ちは膨大《ぼうだい》な魔力を持って生まれるという。そしてお母さまが亡《な》くなる前には、私の魔力は黒持ちだったお母さまの魔力をも凌駕していた。

もしグリモワールの真実と私の魔力のことを誰《だれ》かに知られてしまえば、間違いなく国に囚《とら》われてしまうだろう。だからこそずっと目立たないよう細心の注意を払《はら》って、この力を隠《かく》してきたのだ。

「国に囚われるなんてまっぴらだわ」

お母さまが亡くなった八歳のときから地味に装《よそお》い振《ふ》る舞《ま》って、黒の書の力を他人の目に触《ふ》れさせないようにしてきた。そしてお母さまが亡くなったあとすぐに殿下との婚約《こんやく》が決まった。

殿下との婚姻《こんいん》がなされれば国の中枢《ちゅうすう》でお母さまを暗殺した首謀者《しゅぼうしゃ》を捜《さが》すことができる。だから殿下との婚約は願ってもないことだった。けれど……、

「あのときから誰も信用できなくなっていたのかも……」

殿下とミレーヌの仲睦《なかむつ》まじい様子を初めて見たのは十二歳のときだった。そのときから冷静に他人を観察するようになった。殿下との婚姻がなされない可能性を考え始めた。

それならばいっそ自由に行動できるようにする必要があると、殿下からは距離《きょり》を取った。友人も作らず貴族たちとの交流も控《ひか》えた。そうしてあえて私は孤立無援《こりつむえん》の状況《じょうきょう》を作り上げたのだ。

王太子、その側近、そしてミレーヌ……。彼らの愚行《ぐこう》を目にしながら、諫《いさ》めるどころか面白《おもしろ》可笑《おか》しく噂《うわさ》を立てる貴族の令息や令嬢《れいじょう》たち。傀儡《かいらい》の王を利用して甘い汁《しる》を吸う国の重鎮《じゅうちん》たち。

ブリュノワ王国の王侯《おうこう》貴族は腐敗《ふはい》している。殿下によって婚約破棄《はき》されたことで、ようやく何のしがらみもなくなった。私は今日を限りにこの国から離《はな》れるのだ。

「これからは自由に動けるわね」

お母さまを暗殺した首謀者をどうしても見つけたい。全てが計画通りに進んだ今、あとは新しい住まいへと向かうのみだ。

部屋の中に目を向ける。先ほどまで着用していたボロボロのドレスを見て思わず溜息《ためいき》が出てしまう。

「最後の夜会だと思って奮発したのに……。鬼畜《きちく》すぎるでしょ」

私は再び掌の上にグリモワールを出した。

「グリモワールよ、我が身に纏《まと》え」

詠唱とともに黒の書が掌から離れて体の周りをぐるぐると回り出す。黒の書の軌道《きどう》がなす漆黒の帯は、私の全身に巻きついて深い闇のような漆黒のドレスへと変化した。

体の線を顕《あら》わにする闇色のドレスを身に纏った私は妖《あや》しげで、傍《はた》から見ればまさに『呪《のろ》われた魔女』といったところだろう。ミレーヌも上手《うま》い表現をするものだ。

「ペガサス……。私のもとへ来て」

私の願いに応じて漆黒のドレスが青い光を纏う。その青い光が目の前に集まり、光の中から白い翼《つばさ》の生えた大きな白馬……幻獣ペガサスが現れた。

絹糸のような金色の鬣《たてがみ》がうっとりと見惚《みと》れてしまうほどに美しい。その滑《なめ》らかな筋肉に包まれた肢体《したい》は眩いほどに神々《こうごう》しく、淡い金の光を纏っているかのように見える。そんなペガサスの首を撫《な》でながら優《やさ》しく話しかける。

「さあ、一緒《いっしょ》に新居へ行きましょう。でも目立つから姿を消しましょうね」

「ブルルル……」

ペガサスが気持ちよさそうに鼻を鳴らして頬《ほお》に擦《す》り寄ってきた。

「フフ、可愛《かわい》い……」

魔法で体を浮《う》かせてペガサスに跨《またが》ったあと、不可視状態にする魔法を自分とペガサスにかけた。そして透明《とうめい》になった私たちは、ともに夜空の闇へと駆《か》け上った。

ペガサスとともに上空から地上を眺《なが》める。眼下に広がる暗く広大な森は、ブリュノワ王国と隣国《りんごく》のダルトワ帝国《ていこく》の境界に位置する。

危険な魔物が徘徊《はいかい》しているため、兵を向かわせるには厳しい深い森だ。戦闘《せんとう》力の高い少数精《せい》鋭《えい》でなら進めるだろうけれど、それでも死亡率はかなり高いと言われている。

そのために人々から恐《おそ》れられ、『黄泉《よみ》の森』と呼ばれている。どちらの国にも属さない不可《ふか》侵《しん》の森として、人間が立ち入ることは滅多《めった》にない。

「見えてきたわ。あの光の場所へ向かって」

その真っ暗な森の中に、ほんのり灯《とも》る魔法の光を見つけた。その光を目指してペガサスとともに降下していく。あらかじめ見つけておいた森の小屋に、目印のために魔法の灯《あか》りを灯しておいたのだ。私にしか視認《しにん》できないので他《ほか》の者に見つかる心配はない。

私は小屋の周囲の草地にペガサスとともに降り立った。窓から漏《も》れる光に照らされた草地は、長年放置されていたので荒《あ》れ放題《ほうだい》だ。

小屋とはいっても数人で暮らせるほどには大きい、ダークオークの木で造られた古い平屋だ。今日からここで暮らすことになる。

「草がぼうぼうだわ。畑を作るなら草刈《くさか》りからやらないといけないわね。……乗せてきてくれてありがとう、ペガサス」

ペガサスは返事をするように高く嘶《いなな》いて、夜の闇の中へと消えていった。召喚した幻獣とはいえ、いなくなると一気に寂《さび》しくなる。孤独《こどく》には慣れているけれど。

家の扉《とびら》を開けて中へ入り、居間の奥にある扉を開けて寝室《しんしつ》へと足を運んだ。寝室に置いてあるドレッサーの椅子《いす》にポスンと座ってふぅと溜息を吐《つ》く。

「流石《さすが》に疲《つか》れたわ……。っと、グリモワールを解除しなくちゃ」

私を包む漆黒のドレスがシュルシュルと消えて、元々着ていた青のワンピースが現れた。黒の書が私の中へと戻《もど》っていく。

後ろで編んでいた三つ編みをほどいて頭を左右に振ると、少しだけ癖《くせ》が付いてしまった銀髪《ぎんぱつ》がサラリと背中を覆《おお》う。

私は掛《か》けていた眼鏡を外してドレッサーの上に置いた。そして頬に乗せていた化粧《けしょう》を綿布で落としていく。

目の前の大きな鏡を見ると、そこにはそばかす一つない雪のような肌《はだ》をした自分が映っている。長い銀色の睫毛《まつげ》が、大きく鮮《あざ》やかな緋色《ひいろ》の瞳《ひとみ》に影《かげ》を落としていた。ぱっちりと大きく、少しだけ吊《つ》り上がった目がじっとこちらを見つめている。

「もう目立たないように装《よそお》う必要はないわね。この眼鏡にもお世話になったわ」

眼鏡を掛けると、僅《わず》かに色の付いたガラスの補正で緋色の瞳が茶色く、実際の大きさよりも小さく見える仕組みになっている。自作の特製伊達眼鏡《だてめがね》だ。度は入っていない。

確かに地味かもしれないけど、それほど見た目は悪くはないと思う。ともあれこの装いのお陰《かげ》で誰にも興味を持たれずに済んだことは幸いだった。

「黒の書を纏っているときは『呪われた魔女』に見えなくもないわね。あの表現、嫌《きら》いじゃないわ」

浴室に向かったあと、お湯を張ったバスタブにラベンダーを散らし、着衣を脱《ぬ》いでゆっくりと浸《つ》かる。そして長めの入浴を済ませて寝室に置いてあるベッドに横になった。レオナール殿《でん》下《か》のこと、ミレーヌのこと、お父さまのこと……。

（悔《くや》しさ、怒《いか》り……そんなんじゃない。ただ……少し悲しかっただけ）

瞼《まぶた》を閉じていろいろと思い浮かべていたらいつの間にか深い眠《ねむ》りに落ちてしまった。

第二章　迷える少女

私は朝ベッドから出たあと藍色《あいいろ》のワンピースに着替《きが》えて白のエプロンを身に着けた。

以前この家に荷物を運びこんだときに、ある程度の掃除《そうじ》は済ませておいたのだけれど、留守の間にまた埃《ほこり》が溜《た》まってしまったようだ。それほど大きくはない部屋を見渡《みわた》して、ちょっとだけ楽をしようと考えた。

「ハルピュイア……私のもとへ来て」

掌《てのひら》に取り出した黒の書を行使して幻獣《げんじゅう》ハルピュイアを呼び出した。黒の書から現れた青い光が目の前に集まる。そして光の中から、美しい女性の姿をした、翼を持つ鳥の幻獣が現れた。

現れた幻獣は全身が薄紅色《うすべにいろ》の艶《つや》やかな羽毛《うもう》に覆《おお》われている。上半身が妖艶《ようえん》な女性の曲線を描《えが》く一方で、獰猛《どうもう》な鋭《するど》い鉤爪《かぎつめ》が備わる足は鳥そのものだ。

幻獣といっても実体のない存在というわけではない。グリモワールの契約《けいやく》のもと、魔力《まりょく》を使って異次元に存在する幻界に住む彼らをこの世界へと呼び出しているのだ。

ハルピュイアが艶然《えんぜん》と微笑《ほほえ》みながら私に話しかけてくる。

「アタシに何かご用ですかぁ？　メートレス《ご主人さま》」

「ええ、お願いしたいことがあるの。……そうねぇ、そのままじゃ床《ゆか》に傷がついちゃうから人化できる？」

「お安いご用ですわぁ」

ハルピュイアは人間の女性へとみるみる姿を変えた。顎《あご》よりも短く外側にはねた薄紅色の髪《かみ》が印象的な、妖艶で美しい顔立ちをした妙齢《みょうれい》の女性だ。

そして予想通りではあったけれど、人に変化したハルピュイアは生まれたままの姿だ。

このまま裸《はだか》でうろうろさせるわけにはいかない。私はクローゼットから黒のお仕着せとエプロン、それと編み上げブーツを取り出して、それらを身に着けるよう指示した。

するとハルピュイアは面倒臭《めんどうくさ》そうにお仕着せとブーツを身に着ける。

「ああン、もう！　人間って本当に面倒臭いですねぇ」

「フフッ。よく似合ってるわよ。貴女《あなた》にはしばらくお世話になりたいから、名前を付けましょうか。そうねぇ……ハルと呼びましょう」

「メートレス、捻《ひね》りがないですねぇ……」

ハルは人差し指を頬に当ててきょとんと首を傾《かし》げた。とはいえ、名前を貰《もら》ったことについてはまんざらでもなさそうだ。

「そう？　いい名前だと思うけど。それと私のことはクロエって呼んで。それじゃあハル、一緒にこの家を掃除しましょう」

「かしこまりぃ。ねえ、クロエさまぁ、ここ、風でピュウゥ～ってやっちゃ駄目《だめ》ですかぁ？

埃なんていっぺんに吹《ふ》き飛ばせちゃいますけどぉ」

「そうね、それもいいわね。だけどそれをやっちゃうと、埃と一緒《いっしょ》にお布団《ふとん》や家具が全部吹き飛んじゃうから、地道にお掃除しましょう」

「はぁい」

私はハルと一緒に高い場所の掃除から始めた。召喚《しょうかん》した幻獣とは、言葉を交《か》わさなくても、ある程度は意思の疎通《そつう》ができる。だから掃除に慣れないハルでもスムーズに作業を進めることができた。

二時間ほど掃除をしたところで、家の中が概《おおむ》ね綺麗《きれい》になった。私はふぅと一息ついてダイニングでお茶の準備を始める。

「ハル、一緒に紅茶を飲みましょう」

「アハハッ。幻獣と一緒にお茶しようなんて言う人間はクロエさまくらいですねぇ」

ポットの中に入れた紅茶の葉っぱを蒸《む》らしながら、食べるものはどうしようかなぁなどと考える。取りあえずの食材は持ち込んでいるから当分は大丈夫《だいじょうぶ》だけれど、ずっとこのままというわけにはいかない。

持ち込んだクッキーをハルと一緒に摘《つま》みながらお茶を嗜《たしな》む。ゆったりとした時間を満喫《まんきつ》していると、突然《とつぜん》何かを思い出したようにハルが尋《たず》ねてきた。

「クロエさまはお貴族さまなんでしょ？　どぉしてこんな粗末《そまつ》な小屋に住もうとしてるんです

かぁ？」

どうやら幻獣のハルでも私の行動に疑問を感じるらしい。どうして森で暮らし始めたのかなんて、理由は一つしかない。

幻獣は契約により、決して私の意に反する言動をとることはない。だから秘密を打ち明けたところで他言することもない。

「誰《だれ》にも邪魔《じゃま》されずに作りたいものがあるのよ」

「作りたいもの？」

「ええ」

「それってなんですかぁ？」

「……『追刻《おいとき》の糸車《いとぐるま》』」

「えっ？」

ハルにそう答えたときだった。突然森のほうから子どもの悲鳴が聞こえた気がした。咄嗟《とっさ》にハルと目を合わせる。どうやらハルも気付いたようだ。

魔物かもしれない。けれど人間かもしれない。この危険な森に幼い子どもがいるはずがない。人を惑《まど》わす魔物の罠《わな》かもしれないけれど、僅《わず》かでも人間の可能性があるなら確かめないわけにはいかない。

「行くわよ、ハル」

「りょぉ～かい」

　ハルは苦笑《くしょう》しながら肩《かた》を竦《すく》めて答えた。私は幻獣の姿に戻《もど》ったハルを従えて家から飛び出した。そして子どもの声が聞こえてきた森の中へと足を踏《ふ》み入れた。

　侵入《しんにゅう》した森の中は樹木が鬱蒼《うっそう》と生《お》い茂《しげ》っているため、午前中にもかかわらず太陽の光があまり届かなくてかなり薄暗《うすぐら》い。

　人化を解いたハルは空中を飛んで木々の間を縫《ぬ》うように前を進む。私は自身に身体強化の魔法を施《ほどこ》してハルのあとに続く。

　ハルが森の奥へ移動しながら一方向を指差して告げる。

「声の主はこっちみたいですねぇ」

「正確に分かるの？」

「ええ。索敵《さくてき》はお任せですよぉ。音波でもって対象の位置を感知できるんで」

「たいしたものね。凄《すご》いわ、ハル」

「えへへぇ～」

　ハルは褒《ほ》められたのが嬉《うれ》しかったのか、目的地へと向かいながら嬉しそうにニヤニヤと笑っていた。

　それにしてもハルピュイアにそんな特技があるとは知らなかった。幻獣の能力については黒の書に全《すべ》て記載《きさい》してあるけれど、それぞれの能力が具体的にどんなふうに応用されているかということまでには考えが至らなかった。これから一つ一つ覚えていかなくては。

森を迷いなく進むハルの後ろについていく。しばらくすると遠くから狼《おおかみ》の低い唸《うな》り声が聞こえてきた。

さらに進んだあとに目に飛び込んできたのは弱り切った傷だらけの美しい少女と、獲物《えもの》に飛びかかるタイミングを窺《うかが》いながら間合いを測ってうろうろと歩き回る五匹《ひき》のフォレストウルフだ。

「うっひゃあ、いるいる！」

ハルが楽しそうに笑《え》みを浮《う》かべた。まるで面白《おもしろ》いものを目にしてはしゃいでいるかのようなハルを見て、思わず溜息《ためいき》が出てしまう。

フォレストウルフは鈍色《にびいろ》の体毛に覆われた狼に似た魔物だ。狼の体長の一・五倍はあるだろう巨大《きょだい》な体軀《たいく》に似合わず、狡猾《こうかつ》で敏捷《びんしょう》な動きをする。群れをなして狩《か》りをする習性があり、集団で襲《おそ》われた場合、普通《ふつう》の人間なら一溜まりもない。

「グルルルル……」

獲物に向かって目を光らせながら獰猛に唸るフォレストウルフの五メートルほど先には、全身傷だらけの六、七歳くらいの幼い少女が弱々しく立ち竦んでいた。

着衣には血が滲《にじ》んでおり、かなり衰弱《すいじゃく》しているように見える。力尽《ちからつ》きて今にも膝《ひざ》からくずおれそうだ。このままでは膝をついた瞬間《しゅんかん》に魔物たちに飛びかかられてしまう。もう一刻の猶予《ゆうよ》も許されない。

「グリモワール」

私は全身に黒の書を纏《まと》ったあと、即座《そくざ》に魔物たちに向かって三日月形の光の刃《やいば》を放った。魔物が私たちの到着《とうちゃく》を感知するよりも先に光の刃が着弾《ちゃくだん》する。

「キャインッ」

光の刃のいくつかが一匹《ぴき》の魔物の体を切り刻んだ。刃の一つが急所に着弾したのだろう。その魔物がトサリとその場に倒《たお》れた。

残りの四匹の注意がこちらへ向いた。自分に危険が迫《せま》っているのに目の前の食べ物を優先する魔物はいない。魔物たちは本能的に私の魔力の大きさを感じ取って怯《おび》え、そして竦む。けれど即座に退却《たいきゃく》するほど頭が良くはなかったようだ。

「おバカさんだねェ。本能に逆らわなければ長生きできたのにさァ！」

ハルが魔物たちを嘲《あざけ》りながら大きく飛びあがった。そしてこちらを威嚇《いかく》しつつもじりじりと後ろへ下がっていく魔物たちに超音波《ちょうおんぱ》による攻撃《こうげき》を放つ。

どうやらハルの攻撃は魔物たちが固まっている狭《せま》い範囲《はんい》を対象としているようで、少女に影《えい》響《きょう》はないみたいだ。少女はきょとんとして戦いの様子を見ている。

「キャンキャンッ！」

ハルの超音波攻撃により魔物たちが耳から血を流している。どうやら魔物の体内に多大なダメージを与《あた》えたようだ。

「ハル、やるじゃない」

「こんな雑魚《ざこ》なんて朝飯前ですよぉ」

そういえばフォレストウルフの毛皮は高値で取引されると聞いたことがある。素材の利用価値が高いのかもしれない。となると、あまり体を傷つけないほうがいいだろう。

そしてこんな緊急《きんきゅう》事態に冷静に魔物の利用価値について考える私は、大概《たいがい》薄情《はくじょう》なのかもしれない。

私は朦朧《もうろう》としながらよろめく魔物たちに引き続き光の刃を放った。今度は魔物たちの急所のみをピンポイントで狙《ねら》う。首の動脈の辺りだ。

「キャンッ！」

「ギャインッ！」

ハルの攻撃で魔物の動きが鈍《にぶ》くなっていたために、容易に急所を狙って攻撃することができた。魔物たちは断末魔の叫《さけ》びを上げ、次々に絶命してその場に倒れていく。

「クロエさま、すっごぉい！　さっすが我が主《あるじ》！」

ハルが誇《ほこ》らしそうに感嘆《かんたん》の声をあげるのを耳にしながら、私はすぐさま傷ついた少女のもとへと駆《か》け寄った。今は少女の状態が心配だ。少女は魔物が倒されたのを見て安心したのか膝からくずおれ、そのまま草の上に倒れ込んだ。

「ちょっと！　貴女《あなた》、大丈夫《だいじょうぶ》!?」

「あー、やばいですねぇ、これ。出血が酷いですもんねぇ」

ハルは無表情のまま少女の体を見下ろして、まるでお天気の話でもするかのように感想を漏《も》らした。憐《あわ》れみの情は持ち合わせていないのだろう。こういった一面を見ると、幻獣《げんじゅう》が人ならざるものであることを改めて認識《にんしき》する。

少女は意識を失っている。体中傷だらけで出血が酷く、呼吸が弱々しい。少女の腰よりも長いであろう瑠璃色《るりいろ》の艶《つや》やかな髪は頭上で二つに結ばれており、緩《ゆる》やかなウェーブを描《えが》いている。身長は百二十センチくらいだろうか。

（なんだか綺麗《きれい》な子ね。幼いのに妖《あや》しい美しさがあるわ。それにしてもこんな幼い子がなぜこんな森の奥まで……）

白かったと思われるボロボロの衣服は逃《に》げている間に土と血で汚《よご》れてしまったのだろう。恐《おそ》ろしく整った顔立ちは幼くあどけない。長い瑠璃色の睫毛《まつげ》に縁《ふち》どられた瞼《まぶた》が力なく伏《ふ》せられている。

私は足元に横たわる少女の側《そば》に屈《かが》み込んで治癒《ちゆ》魔法を施した。傷は塞《ふさ》がったけれど少女は目を覚まさない。出血が多くて重度の貧血状態になっているのかもしれない。

こんなに幼い子どもを私の目の前で死なせはしない。絶対に助けてみせる。

「私がこの子を連れていくわ」

「りょおかい。じゃぁ、アタシはこの五匹……いや、四匹を運びまぁっす」

ハルが引き算したのは私が最初に切り刻んだ一匹だろう。あれでは確かに利用価値はない。

ハルは状態のいい四匹の足を器用にその辺に落ちていた蔓《つる》で括《くく》りつけて抱《かか》え上げた。自分の体よりも大きな魔物《まもの》を四匹も抱え上げるなんて凄い力だ。

私は自分に身体強化をかけて少女をゆっくりと横抱《よこだ》きにして抱えた。そしてなるべく揺《ゆ》らさないように細心の注意を払《はら》いながら足早に家路を辿《たど》る。

少女の体は冷え切っている。傷だらけでなんと痛々しいことだろう。

「可哀想《かわいそう》に……。もう少しだけ我慢《がまん》してね」

家に到着してすぐに少女を抱えたまま寝室《しんしつ》へと向かった。ハルは屋外に獲物を置いたあとに、私に続いて家の中へ入った。

少女をベッドに横たえたあと、ボロボロの衣服を脱《ぬ》がせて私のクリーム色のパジャマのシャツを着せた。少女の顔の汚れを湿《しめ》らせた柔《やわ》らかい布で拭《ぬぐ》いながら考える。

外傷の治癒は済ませた。あとは失った血液を補うために、意識が戻ってから何かを食べさせ

ればいい。そしてこの子の手首の……、

「この腕輪《うでわ》……。かなり複雑な術式が組んであるわ」

「なんですかぁ、それ？」

いつの間にか人化してお仕着せを着用したハルが後ろに立っていた。

『呪術《じゅじゅつ》』よ。何かを縛《しば》るかなり強力な呪《のろ》い。こんなの嵌《は》められた本人には決して破壊《はかい》できないわ。そして他《ほか》の人間が無理に壊《こわ》そうとすれば……」

「壊そうとすれば……？」

「この子は間違《まちが》いなく死ぬわ」

私は少女の腕輪を見つめながら、唇《くちびる》の下に指を添《そ》えて深く考え込む。ハルはそんな私を見て目をぱちくりさせた。

「嵌められたらはずせないってことですか？　クロエさまでも？」

「ええ、私が嵌められても自力で破壊するのは無理ね。そういう仕組みになっているのよ。でも外側からならなんとかなるかも……」

数多《あまた》の呪いの術式が知恵《ちえ》の輪のように複雑に絡《から》み合っている。解除する順番を間違えたり無《む》理矢理《りやり》壊そうとしたりすると、呪いが一瞬にして少女の生命を奪《うば》う仕組みになっているようだ。

本当に卑《ひ》劣極《れつきわ》まりない呪具だ。この腕輪を作った者の性格の悪さが窺い知れる。

「クロエさまなら壊せるんですかぁ？」

「やってみなければ分からない。放置しても今すぐに生命を削《けず》るものではないから、時間をかけて一つずつ解除していくしかないわね」

「なるほどぉ。さすがクロエさまですねぇ」

「この子が目を覚ましたら温かいスープでも飲ませてあげましょう」

「それならアタシが作りますよぉ」

今度は私が思わず目をぱちくりさせてしまった。幻獣って……、

「……料理、できるの？」

「お任せですよぉ。クロエさまとの意思伝達のお陰《かげ》で、クロエさま程度にはできます。それじゃあ早速《さっそく》さっきのフォレストウルフを捌《さば》いてぇ……」

「任せるわっ」

私はハルの言葉を遮《さえぎ》って苦笑《くしょう》した。フォレストウルフが食べられるのは知っている。知っているけれど詳《くわ》しく聞きたくはない。

早速ハルは鼻歌交じりに表のフォレストウルフを解体しに寝室から出ていった。私は少女を横たえたベッドの脇《わき》に置いた椅子《いす》に座って呪いの腕輪の分析《ぶんせき》を始めた。

「はぁ……。百以上の術式が複雑に絡み合ってる。半数以上が囮《おとり》ね。順番通り解除しないとこの子の死の引き金になってしまう。なかなか陰湿《いんしつ》なやり口ね……。間違えたらアウトだわ」

「う、うーん……」

少女が苦しそうに呻《うめ》きながらもがいた。額からは汗《あせ》が滲《にじ》んでいる。けれど弱々しかった呼吸が徐々《じょじょ》に整ってきた。

それを見てほっと胸を撫《な》で下ろす。じきに少女の意識は回復するだろう。少女の額の汗をハンカチで押さえるように拭ったあと、腕輪の分析を続ける。

この呪いそのものは生命を奪う呪いではない。何かを抑制《よくせい》する呪いだ。けれど腕輪を外さなければこの子は一生本来の力を取り戻《もど》すことはできない。術式を解除しようとするのは生命の危険を伴《ともな》うけれど、私なら時間さえかければできる。最初の糸口になる術式はどれなのか……。

「全く。私を試《ため》そうなんて、やってくれるわね。こうなったら完璧《かんぺき》に解除してやろうじゃない」

挑戦《ちょうせん》的なまでに高度な呪術式の塊《かたまり》を目の前にして、思わず口角を上げた。

そうしてしばらく腕輪を睨《にら》んで解読を続けていたら、複雑に絡み合う術式の中から、他の術式に影響《えいきょう》しない一つを見つけ出した。

「これね。……グリモワール」

ようやく見つけ出した最初に解除すべき術式を、黒の書を行使して慎重《しんちょう》に破壊した。破壊された術式に絡んでいた別の術式は稼《か》働《どう》しない……。どうやら正解だったようだ。

この作業を術式の数だけ繰《く》り返さなければならない。一気に破壊してしまいたい衝動《しょうどう》を抑《おさ》えながら、神経を集中させて作業を続ける。

「う……」

私が十個の術式を解除したところで、少女がゆっくりと瞼を開いた。もう午後三時を回っている。解除に没頭《ぼっとう》するあまり気付かなかったけれど、私は少女以上に汗ばんでいたようだ。

「ここは……」

少女はぼんやりと天井《てんじょう》を眺《なが》めながらそう呟《つぶや》いた。初めて間近で目にした少女の瞳《ひとみ》は人間のものではなかった。金色の虹彩《こうさい》の中央にある黒の瞳孔《どうこう》が、光を受けて円から徐々に縦長に変化していく。

「気が付いてよかったわ。ここは黄泉《よみ》の森にある私の家よ」

「そうじゃったのか……。そういえば……お主たちが助けてくれたんじゃな」

「……ええ」

人外の種族のお姫《ひめ》さまだろうか。少女の口調に一瞬《いっしゅん》驚《おどろ》いてしまった。少女はまだ体に力が入らないのだろう。声が弱々しく少し掠《かす》れている。

そしてこの腕輪を嵌めたのは恐《おそ》らく本人ではないだろう。事情を尋《たず》ねたら答えてくれるだろうか。それとも、もう少し落ち着いてからのほうがいいだろうか。

「礼を言うぞ。儂《わし》の名前はアンジェリクじゃ。お主たちは命の恩人じゃからの。特別にアンと呼ぶがいい」

「ではお言葉に甘えまして。アン、私はクロエよ。よろしくね」

「うむ、よろしく頼《たの》むぞ。クロエ」

ちょうどそのときハルが寝室に入ってきた。あっけらかんとした明るい笑顔《えがお》だ。皿を載《の》せたトレーを両手に持っている。

「話し声が聞こえたんでスープを持ってきましたよぉ。目が覚めてよかったですねぇ」

「お主も助けてくれたのう。礼を言うぞ、ハルピュイア。儂はアンジェリクじゃ。アンと呼んでくれ」

「アタシはハル。クロエさまの侍女《じじょ》をやってまぁっす」

ハルはどこの国で覚えたのか分からないが、胸に拳《こぶし》を当てて敬礼の真似事《まねごと》をしてみせた。

それにしても人化しているハルを幻獣のハルピュイアだと見破るなんて、アンはやはり只者《ただもの》ではないようだ。

「ハルか。よろしくな」

「よろしくでっす。ところでアンさまは何者なんですかぁ」

ハルに先を越《こ》されてしまった。アンが何者なのか私も知りたい。

「儂は……。その前に、それはなんじゃ？」

アンがベッドからゆっくりと上半身を起こしてハルに尋ねた。アンの視線はハルの持っているトレーに固定されている。

「あ、これですかぁ？　これはフォレストウルフのスープですよぉ。肉を丁寧《ていねい》に削りとって焼いた奴《やつ》らの骨からスープを……取ろうと思ったんですけどぉ、時間がなかったので奴らの肉と野菜のスープですぅ」

ハルなりの拘《こだわ》りの逸品《いっぴん》らしい。そうか、フォレストウルフの……。聞かずに食べたほうが美《お》味《い》しくいただけたかもしれない。

「ふむ、美味《うま》そうじゃな。貰《もら》うぞ」

「ど〜ぞど〜ぞ。獲物《えもの》だったアンさまが逆に奴らを食っちゃうなんて面白《おもしろ》〜い」

「あんな奴ら、いつもの儂なら……くそっ」

アンは悔《くや》しそうに顔を顰《しか》めたあと、すぐに目の前のスープに釘付けになった。今にも涎《よだれ》を垂らさんばかりに凝視《ぎょうし》している。よほどお腹《なか》が空《す》いていたのだろう。

満足げに食事を終えたアンに尋ねてみる。

「それで、貴女《あなた》は一体何者なの？　アン」

「うむ。儂は竜《りゅう》じゃ」

「竜……」

「ほぇ〜……」

予想外な答えに、私もハルも驚きを隠《かく》せなかった。ベッドから上半身を起こしたまま腕を組んで胸を張るアンジェリク……アンの横で、私とハルが呆然《ぼうぜん》としながら呟く。

「竜なのね」

「竜かぁ」

「竜じゃ」

得意げに答えるアンを見て思う。こうして見るとただの可愛《かわい》らしい幼い少女にしか見えないのだけれど。もしかして、この腕輪《うでわ》をしているから幼い姿なのだろうか。

「しかもただの竜じゃないぞ？　儂は竜の国カーンの女王……竜王なのじゃ」

「竜王⁉」

「はぁ⁉」

――竜王……。昔話で聞いたことがある。溜息《ためいき》を吐《つ》けば一つの国が吹《ふ》き飛び、くしゃみをすれば十の国が滅《ほろ》ぶという。伝説の竜王が本当に存在したとは……。

「それは嘘《うそ》じゃな。流石《さすが》にくしゃみで国は滅びぬ。まあ、儂一人で一国を焦土《しょうど》と化すのは容易《たやす》いがな」

私の知っている昔話を聞いたアンがあっさりと白状した。

「嘘なんだ……」

「アハハッ。クロエさま、かぁ～わい～。くしゃみで国が滅ぶわけないじゃないですかぁ」

「笑わないで……」

なんだか恥《は》ずかしくて頬《ほお》が熱くなる。だって本当のほうが夢があるじゃない？

「それにしても、女子なのに竜王とはこれいかにぃ～？」

「カーンでは王じゃろうが女王じゃろうが代々竜王と呼んでおるのじゃ」

「本当に竜王さまなのね」

やはりこの幼女の姿は腕輪のせいなのだ。いくら人化しているとはいえ、竜王がこんなに幼いわけがない。

「それで、その腕輪はどうしたの？」

「うむ、これはじゃな、話せば長くなるのじゃが……」

「眠《ねむ》くならない程度にお願いしますねぇ」

ハルの要求に「うむ」と小さく頷《うなず》いてアンは話を続ける。

「儂は昔から酒が好きでな……」

「その話、長くなりますぅ？」

「酒って……」

一体この子はいくつなのだろう。腕輪のせいだ。きっとそう。幼女がお酒を飲む絵面《えづら》など想像したくない。

「まあ、聞け。一週間くらい前じゃったか、竜の姿で空を飛んでおったら地上からいい香《かお》りが漂《ただよ》ってきてのう。その匂《にお》いに釣《つ》られてふらふら～っと地上に降りてみたら酒樽《さかだる》がたくさん置いてあってな。儂はちょちょいっと爪《つめ》で栓《せん》を開けて、樽《たる》を呷《あお》ったのじゃ。中身は麦酒《ウイスキー》じゃった。

あれの熟成は恐《おそ》らく二十年は下らんじゃろう。その芳醇《ほうじゅん》な香りと麦芽《ばくが》の仄《ほの》かな甘さ、そして舌に纏《まと》わりつくような厚みのあるコクとまろやかさといったらもう……ジュルル」

「ジュルル……」

「よっぽどお酒が好きなのね……」

お酒の味を思い出しているのか、うっとりしながら涎を垂らすアンを見て、ハルが貰い涎を垂らしている。そんなアンを見て複雑な気持ちになった。竜の姿で飲んだのは分かっているけれど、どうしても目の前のあどけない少女の姿を見ると釈然《しゃくぜん》としない。

「アンは一体いくつなの？」

「儂は七百六十歳じゃ」

「七百六十……」

「アタシよりも年上じゃないですかぁ」

「お主は何歳じゃ？」

「アタシは二百八十歳なんですよぉ」

「フン、まだ小娘《こむすめ》じゃの」

「若いって言ってくださいよぉ、マダム」

竜も幻獣《げんじゅう》も悠久《ゆうきゅう》のときを生きる者だと分かってはいるのだけれど、実際に聞くと気が遠くなりそうで目眩《めまい》がする。

「おっと、話が逸《そ》れてしまったの。それで、酒樽を十個ばかり飲み干したら少々眠くなってしまってのう。迂闊《うかつ》にもその場で居眠りをしてしまったのじゃ」

「何もない所に酒樽が転がってるのが不自然だと思うんですけどねぇ」

「そうね。警戒心《けいかいしん》がなさすぎるわね」

　私とハルに突《つ》っ込まれて、アンがしゅんと肩《かた》を落とす。

「う、うむ、面目《めんぼく》ない。お主ら、容赦《ようしゃ》ないのう。……それで気付いたらどこぞの屋敷《やしき》の部屋で檻《おり》に入れられておっての。人化してしもうておったから、竜に戻《もど》ろうとしたのじゃが……」

「腕輪が嵌《は》められてて戻れなくなっちゃったのね」

「いかにも。儂《わし》はすぐに腕輪の呪《のろ》いに気付いた。竜に戻ることができなくなっただけではなく、呪いによって本来の腕力《わんりょく》、魔力《まりょく》、能力……あらゆる力が抑制《よくせい》されておった」

　そこまで説明したアンが肩を竦《すく》めてふぅっと溜息を吐いた。どうやら呪いの腕輪は竜の力を大きく削《そ》ぎ落としてしまったらしい。

　けれど、これだけの術式を刻んだ呪具《じゅぐ》だ。術師の実力も労力も並大抵《なみたいてい》のものじゃないだろう。そこまでのことをする理由は何なのだろうか。

「一体誰《だれ》が何のためにそんなことを？」

「それが分からんのじゃ。食事を運ぶ者には度々《たびたび》会《お》うたが、ただの小者で首謀者《しゅぼうしゃ》ではなかったようじゃ。じゃが、見張りの者が食事を運んできたときに言うておった。『しっかり食べないと血が足らなくなるぞ』とな。あとは『こんな幼子じゃ繁殖《はんしょく》は無理だ』とかなんとか……」

「血と繁殖……」

「竜の血は万能薬《ばんのう》や不老長寿《ふろうちょうじゅ》の妙薬《みょうやく》の材料と言われていますからねぇ。眉唾《まゆつば》ですが」

「そうね。だけど繁殖って……竜と人を交わらせようとしたのかしら。だとしたらなんて悪趣《あくしゅ》味《み》な……」

「全く人間って奴は業《ごう》が深いですねぇ」

ハルが呆《あき》れたように肩を竦めた。ハルの言葉には全く同感だ。人間の中には、己《おのれ》の目的を果たすためなら手段を選ばない輩《やから》が確かに存在する。

竜の血については黒の書にも記載《きさい》がある。万能薬エリクシールの素材であるというのは本当のことだ。不老長寿の妙薬については記載がないので、存在自体が怪《あや》しい。

それにしても竜の繁殖とは……。他《ほか》にも竜が捕《と》らえられていて竜と竜でということなのか、竜と人でということなのか。アンの話だけではどうにも判断ができない。いずれにせよろくな目的じゃないことは確かだ。

「それで、どうやって逃《に》げ出したの？」

「見張りが檻に食事を入れる瞬間《しゅんかん》を狙《ねら》って、顎《あご》に一発食《く》らわせたのじゃ。こんな体じゃが人間の大人の男くらいの力は残っておるからの。奴《やつ》も幼女だと思うて油断しておったのじゃろう。不意打ちで簡単に気を失いおったわ」

「なかなかやりますねぇ」

「運がよかったわね」

私とハルが感心すると、アンは得意げに大きく頷く。

「うむ。じゃがこの腕輪の呪いがある限り、儂は竜《りゅう》には戻れん。そこで『真理の書』を持つ者ならば、この強力な呪いを解除できるのではないかと考えたのじゃ」

「『真理の書』……黒の書ね」

「そういうことじゃ。儂は特別な能力を持つ黒持ち……つまりお主を探した。するとそれほど遠くない場所にお主の魔力を感じ取った。この森じゃ」

力を抑制されていても他者の魔力を感じ取れるのか。流石は竜だ。

「よくこんな所まで来られましたねぇ。力を抑《おさ》えられてるアンさまじゃ、黄泉《よみ》の森の奥まで来るのは無理でしょぉ？」

「うむ。じゃから儂はこの森に入る前に街の薬屋で姿を消す薬、エタンドールを盗《ぬす》……ちょっと拝借して使ったのじゃ。ところがクロエの魔力まであと僅《わず》かという所で薬が切れてしもうてな。そこをフォレストウルフの奴らに見つかったというわけじゃ」

「悪銭身に付かずってやつですねぇ」

「ハル、それはちょっと違《ちが》うと思うわ……」

ハルは人間に興味があるのだろう。妙《みょう》に人間の言葉に詳《くわ》しいかと思えば、ときどき思い切り間違っている。私は気を取り直してアンに尋《たず》ねる。

「そこに私たちが助けに来たというわけね」

「そうじゃ。……ふぅ、すまん、クロエ。話しすぎて少し疲《つか》れてしもうたみたいじゃ。今しばらく休ませてもろうてもよいか？」

　そう言われてみればアンの顔色が少し悪くなっている。病《や》み上がりに長話をさせてしまって可哀想《かわいそう》なことをした。とは言っても、話が長くなったのは半分以上が本人のせいだけれど。

「あら。無理をさせてしまったわね。ごめんなさい。ゆっくり休んで」

「それじゃあ、アタシは夕食の準備にかかりますねぇ。フォン・ド・ルー《狼ベース》のラグー《シチュー》にでもしましょうかねぇ」

「楽しみにしておるぞ、ハル」

　ハルが寝室《しんしつ》を出ていくときに、アンはそう言ってゆっくりと瞼《まぶた》を閉じた。

第三章　新たな訪問者

アンの身の上に起こった災難を聞いた私は、アンの腕輪《うでわ》の解呪を引き続き進めたいと申し出た。アンはそんな私の提案を喜んで受け入れてくれた。

アンを保護した翌朝、三人で朝食を取っているときのことだった。突然《とつぜん》アンが眉根《まゆね》を寄せて険しい表情を浮《う》かべた。ハルを見ると同じように顔を顰《しか》めている。まるで何かを警戒しているかのように。

「ハル……。分かるか」

「ええ、アンさま。こいつぁ、かなり大きいですねぇ」

「こんなに近付かれるまで気付かんとは不覚じゃった」

「一体何のこと……」

そのときだった。突然、不可侵《ふかしん》の森に囲まれた陸《りく》の孤島《ことう》ともいえるこの家の扉《とびら》をノックする音が聞こえた。こんな森の深い場所まで一体誰が……。

「この魔力……。どうやら来たのは一人みたいですねぇ」

ハルが珍《めずら》しく緊張《きんちょう》を滲《にじ》ませた表情を浮かべて呟《つぶや》いた。アンとハルは前もって訪問者の高い魔力を感知していたようだ。人間である私には他者の魔力を感知することができないけれど、竜と幻獣にはそれができるのだろう。

私は二人と顔を見合わせて小さく頷《うなず》いたあと、警戒しながら入口の扉の前へと近付いた。

「どちらさまですか？」

恐《おそ》る恐る尋ねてみると、扉の外から低い声が聞こえてくる。

「私の名前はエルネストという。挨拶《あいさつ》に来た」

声から察するにどうやら若い男性らしい。背後に控《ひか》えるアンとハルは、何が起こってもすぐに対処できるように臨戦態勢に入っている。私は警戒を強めたまま入口の扉をゆっくりと開いた。

扉を開けてまず目に入ったのは、逆光のせいでゆらりと揺《ゆ》れる大きな黒い影《かげ》だった。目が慣れたあとに訪問者の姿を確認《かくにん》してみる。

エルネストと名乗る青年の年齢《ねんれい》は二十代半ばくらいだろうか。黒っぽい鎧《よろい》を身に纏《まと》い、腰《こし》には長剣《ちょうけん》を吊《つ》り下げている。そして見上げるほどに背が高い。まるで歴戦の戦士といった風格が感じられる。

（それに……なんて綺麗《きれい》な人なのかしら。これほど雰囲気《ふんいき》のある人はブリュノワでは見たことがないわ）

耳の下ほどまでの長さの黒髪《くろかみ》が乱雑に下ろされ、深い海のようなサファイアブルーの瞳《ひとみ》に前《まえ》髪《がみ》が少しかかっている。切れ長の怜悧《れいり》な光を湛《たた》えた瞳は、全《すべ》てを見透《みす》かさんばかりに鋭《するど》い。美しい顔立ちと均整の取れた体つきから匂《にお》い立つような色気が醸《かも》し出されている。

けれど一方で、ぞくりとするほどの美貌《びぼう》は、どこか人を寄せ付けないような冷たい雰囲気を纏っていた。一体どんな過去を背負っているのか知らないが、その表情には底の知れない深い闇《やみ》が垣間《かいま》見《み》えるようだ。エルネストさんの身なりから察するに……、

（どこかの国の剣士といった感じ……。冒険者《ぼうけんしゃ》かもしれないけれど、平民にしては立ち居振《いふ》る舞《ま》いに品がある気がするわ。もしかして貴族かしら）

私を見下ろす表情からは何の感情も読み取れない。そのため、目の前の青年が敵なのか味方なのか全く判断がつかなかった。エルネストさんの纏う空気はどこまでもひんやりと冷たく、睨《にら》まれると体が竦《すく》みそうになるほどの威圧感《いあつかん》を感じさせる。

なるべく平静を装《よそお》いながら目の前の不機嫌《ふきげん》そうな青年に尋ねる。

「こんな辺鄙《へんぴ》な所へ、どういったご用件でしょうか？」

「まずは伺《うかが》いたい。君は魔女《まじょ》か」

いきなりの不躾《ぶしつけ》な質問に驚《おどろ》いてしまった。確かに、このような森の奥に人間の女性が住んでいるのは不自然だろう。そう考えれば、エルネストさんの問いかけもなんら不思議ではない。けれど初対面の女性に対する最初の質問にしてはあまりにも失礼ではないだろうか。

「いいえ、私は魔女ではありません。エルネストさん、他にご用件は？」

「この森に悪《あ》しき魔女がいるならば駆逐《くちく》せねばならない。そのために私はここへ来た。君の名

前を聞かせてもらおうか」

　エルネストさんは表情を変えずに淡々《たんたん》と尋問《じんもん》してきた。魔《ま》女狩《じょが》りのためにこんな森の奥まで来たのだろうか。私は疑問に思いつつも怯《ひる》むことなく答える。

「私はクロエと申します」

「クロエ嬢《じょう》、私は君が魔女でないと、すぐには信じられないのだが」

「信じられないと仰《おっしゃ》られても違うものは違いますので。大体なぜ貴方《あなた》は私が魔女だと思われるのですか？」

「この森に魔女が住んでいるという噂《うわさ》を聞いたからだ」

「噂……ですか」

　まるで心の奥まで見透かそうとするかのようにエルネストさんがすぅっと目を細めた。見つめる相手を貫《つらぬ》かんばかりの氷のように冷たい眼差《まなざ》しだ。

「しばらくの間、私はこの近くに拠点《きょてん》を構えて君のことを監視《かんし》させてもらう。本当に悪しき魔女でないかどうかを見極《みきわ》めるまでだ」

　無表情で淡々と紡《つむ》がれるエルネストさんの言葉には驚かされた。けれど今は様子を見るしかなさそうだ。

「どうぞご自由に。時間の無駄《むだ》だと存じますけれど」

「フッ。どうだろうな……。私には君が普通《ふつう》の人間には見えないのだがな」

初めて感情を示したエルネストさんの表情を見て驚いてしまった。氷のように冷たく妖艶《ようえん》な笑みだ。憎悪《ぞうお》にも似た感情を感じ取って僅《わず》かに動揺《どうよう》してしまう。

(この人が憎《にく》んでいるのは魔女なのか、それとも私なのか……)

確かに普通の人間かと聞かれれば、私は普通ではないだろう。だからと言って誰《だれ》に迷惑《めいわく》をかけているわけでもない。なぜ見ず知らずの人間に憎まれなければならないのか。

「いい加減にしてください。見ず知らずの貴方にそこまで責められる覚えはありません！」

ずっと抑《おさ》えていた感情が不意に昂《たかぶ》って、図《はか》らずも噛《か》みつくように声を荒《あら》らげてしまった。すると、突然エルネストさんが私の抗議《こうぎ》など意にも介《かい》さないといったふうに、スッと笑みを消して指で私の顎《あご》をぐいっと持ち上げた。そして顔を寄せて今にも唇《くちびる》が触《ふ》れそうな距離《きょり》で私の顔をじっと見つめた。

「この美しい顔で男を誑《たぶら》かすのか。そしてその命を脅《おびや》かすのか」

瞬間《しゅんかん》私は恐怖《きょうふ》に身が竦んだ。間近に迫《せま》るエルネストさんのかんばせは震《ふる》えるほどに美しい。私の瞳を覗《のぞ》き込んで真意を探《さぐ》らんとばかりに細められた深い海の底のような青に射《い》竦《りく》められて、背筋がぞくりとした。

私は同じようにエルネストさんのサファイアブルーの瞳を、その本心を探るべく見つめ返す。エルネストさんとの間に漂《ただよ》う空気がどこまでも冷たく感じる。けれどそれは気のせいではなかった。口を開こうとして薄《うす》く開けた私の唇から漏《も》れ出た吐息《といき》が本当に白く変わっていたのだ。

私の顎を指で支えるエルネストさんの腕を、ハルが横からグッと摑《つか》んだ。いつも笑っているハルが初めて見せた、まるで射殺さんばかりの鋭い目つきだ。

「いい加減にしてもらえませんかねぇ。クロエさまは魔女なんかじゃありませんよ。これ以上無礼を働くならアタシがあんたの命を貰《もら》いますよ」

「全く失礼な男よのう。礼儀《れいぎ》がなっとらん。初対面のレディーに対する態度じゃないのう」

アンは両手を腰に当てて、エルネストさんを戒《いまし》めるかのように毅然《きぜん》と言い放った。ハルもアンも私のために腹を立ててくれているようだ。

エルネストさんはハルとアンの言葉に特に反応することもなく、私の目を見つめたまま視線を逸《そ》らさない。私はそんなエルネストさんに静かに抗議する。

「この手を放してください、エルネストさん。私が悪しき魔女かどうか、その目で存分に見極めればいいでしょう」

エルネストさんは私の顔からようやく手を離《はな》して、無表情のままハルとアンを順に見て告げる。

「現に君はこうして魔物を飼っているじゃないか。それでも魔女ではないと？」

「彼女たちは魔物ではありません。撤回《てっかい》してください」

私はどうにか怒《いか》りを堪《こら》えてエルネストさんに魔物扱《あつか》いの撤回を求めた。相手が誰であれ、ハルとアンを侮辱《ぶじょく》するのは許せない。

「どうだかな」

「なぜ貴方はそれほどまでに……」

——魔女を憎んでいるの？

私がそう言いかけたところで、エルネストさんの冷たい声によって遮《さえぎ》られる。

「まあいい。君が悪しき魔女なら私が殺す。それだけだ」

エルネストさんは全く感情を表さない低い声でそう言い放った。そしてそのまま踵《きびす》を返して立ち去っていった。


私は扉《とびら》を閉めたあと、そのままぎゅっと瞼《まぶた》を閉じて俯《うつむ》いた。そんな私に向かってハルが苛立《いらだ》ち顕《あら》わに言い放つ。

「クロエさまぁ、あのエルネストとかいう男、殺しちゃっていいですかぁ？　あいつが近くにいると思うと胃のとこがムカムカするんですけどぉ」

本来人間らしい感情を表に出さない幻獣《げんじゅう》であるハルが、私の気持ちに共鳴して憤《いきどお》ってくれている。そのことが嬉《うれ》しい。そしてハルの物騒《ぶっそう》な言葉のお陰《かげ》で少し頭が冷えた。

「ハル、落ち着いて。私のために怒《おこ》ってくれているのは嬉しいけれど、こちらから手を出せば彼は私を魔女だと決めつけてくるでしょう。悔《くや》しいけれどしばらくは様子を見ましょう」

「それがいいかもしれんのう。儂《わし》も腸《はらわた》が煮《に》えくり返る思いじゃが、戦うにしてもあの強大な魔力から察するにあの男はかなりの強さじゃろう。恐らくハルと今の儂じゃ歯が立たん。クロエは別じゃろうがな」

　アンの言葉を聞いたハルがチッと舌打ちをしてふて腐《くさ》れたような表情を浮《う》かべた。恐《おそ》らく実力の差を認識《にんしき》してはいるのだろう。

「クロエさまならあんな奴《やつ》ひと捻《ひね》りでしょう？　殺《や》っちゃいましょうよぉ」

「駄目《だめ》よ、ハル。それに私だって彼に勝てるかは分からないわ。そして、もしも人を殺《あや》めたら私は本当に悪しき魔女になってしまう。私が魔女じゃないと分かれば、あの人はきっと引き揚《あ》げるでしょう」

「本当にそうなりますかねぇ……」

　ハルが不満げに顔を顰《しか》めた。私だって腹が立つ。初対面でいきなり謂《いわ》れのない憎悪をぶつけられたのだから。けれど一番腹が立ったのはハルとアンが魔物扱いされたことだ。私はいつの間にかハルとアンを友人のように思い始めていたようだ。

　それにしてもエルネストさんの魔女に対する並々ならぬ憎悪は何に起因しているのだろう。勿論《もちろん》私には心当たりなど全くないけれど。

（彼は一体何者なのかしら……。どうしてあんなにも魔女を憎んでいるんだろう）

　エルネストさんに関しては分からないことだらけだ。しばらくこの近辺に拠点を置くと言っていた。周辺にはこの家以外の建物などないというのに、どこに住まうつもりだろうか。

行動の予測のつかない存在が近くにいるという不安が、殊《こと》の外《ほか》大きくのしかかる。寝込《ねこ》みを襲《おそ》われたり、問答無用で攻撃《こうげき》されたりということはないと思うけれど。

「それにしても貴女《あなた》たちは魔力を感知できるの？」

「まあな」

そういえばアンは私の魔力を辿《たど》ってこの森へ来たと言っていた。

「アンに気付かれたということは、私は魔力を上手《うま》く抑えられていないのかしら」

「そんなことはないぞ。お主は魔力そのものをちゃんと抑えられておる。いざ戦いに臨《のぞ》むとなれば、その限りではないじゃろうが」

「えっ、でも……」

「勘違《かんちが》いさせてしもうてすまん。昨日はお主の魔力を辿ったと言うてしもうたが、厳密には違うのじゃ」

「魔力とは違う……？」

アンの言っている内容の意味が摑めず、思わず首を傾《かし》げてしまった。アンは大きく頷《うなず》いて話を続ける。

「儂が感知したのは魔力そのものじゃなくて、グリモワール独特の力と言ったらいいじゃろうか。契約《けいやく》しておるお主の幻獣もグリモワールの力を感じておるはずじゃ」

ハルがアンの言葉を受けてニコリと微笑《ほほえ》みながら頷いた。

「……そうだったの」

「ああ。しかも儂が感じ取れるグリモワールの力には色がついておるからの。お主の力は何色にも染まらぬ美しい黒。それはどんなに遠くにいても感じ取れる強い力じゃ」

「そうだったの……」

竜《りゅう》にグリモワールを探知できる能力があったなんて……。まだグリモワールに記載《きさい》されていない、私の知らないことがたくさんあるようだ。


いつものように腕輪《うでわ》の解呪を進めたあと、アンを客間のベッドで休ませて庭へ出てみることにした。そして入口の扉を開けて広がる外の風景を見て驚《おどろ》いてしまう。あんなに荒《あ》れ放題《ほうだい》だった庭が綺麗《きれい》に草刈《くさか》りされていたのだ。ハルが風魔法《まほう》でサクッと刈《か》ったのだろうか。

家の周辺を少し歩くと、ハルが敷地の南側の一角に座り込んでいるのを見つけた。私の存在に気付きもせずに、地面に向かって何やら集中しているようだ。

一体何をしているのだろう。うずうずと悪戯心《いたずらごころ》が湧《わ》いてくる。急に声をかけたら驚くだろうか。こっそり近付いてみよう。

「……何してるの？」

「わわっ、クロエさまっ！　ああ、びっくりしたぁ。ここを畑にしようと思って草を根っこから毟《むし》ってるんですよぉ」

「まあ、そうだったの……」

草毟りを手伝おうとしたけれど汚《よご》れるから駄目だと制されたので、仕方なく辺りを見渡《みわた》した。

「一応、魔物が入れない程度の結界は張ってるけど、あの人《エルネストさん》は入ってきちゃったのよね……」

それにしてもエルネストさんはどこに拠点《きょてん》を構えたのだろう。寝込みを襲われることはないだろうけれど私に敵意を抱《いだ》いているのは確かだ。できることなら現状を把握《はあく》しておきたい。ハルにエルネストさんの居場所を捜《さが》してもらおうか。私は草毟りに没頭《ぼっとう》しているハルに尋《たず》ねてみた。

「ここから南に三百メートルほど行った辺りに魔物の気配が感じられない場所があるんで、多分そこに……」

そこまで話したハルが急に険しい表情を浮かべて言葉を詰《つ》まらせた。そして何やら考え込んだあと、再び話し始める。

「……クロエさま。こいつぁ、やばいかもしれません。数百の魔物が南のその場所に一直線に向かっています」

「え……」

ハルから聞いた状況《じょうきょう》の深刻さに思わず息を呑《の》む。

「魔物の気配がない空白の場所は恐らくあの男の拠点でしょうね。場所を確保するために魔物を掃除《そうじ》したんでしょう。それにしてもそこに向かっている魔物の怒《いか》りの波動が凄《すご》い……」

ハルが真剣《しんけん》な表情のまま説明を続けた。数百の魔物なんてどう考えても普通《ふつう》じゃない。それらが一か所に向かおうとしているなんて。

「怒り？　魔物が？」

「ええ。魔物の中には、稀《まれ》に獣人のように群れをなす個体がいるんですよ。そいつらは妙《みょう》に仲間意識が強くて、仲間がやられると報復に走ることがある。そして縄張《なわば》り意識も強い。あの男は群れの怒りを買ったんじゃないでしょうか」

単体では弱い魔物でも集団になると強くなる。それが群れをなす魔物の特徴《とくちょう》だ。

「群れの怒り……。この周辺には獣人はいないはずよね。群れをつくる魔物といえばアシッドエイプ、ビッグホーンディア……」

「この数からいってアシッドエイプ《猿野郎》でしょうね」

ハルが顎《あご》に指を添《そ》えて俯きながら答えた。何かを考え込んでいるようだ。もしハルの言ったことがこれから起こるのならば、このままにしてはおけない。

「私、エルネストさんの所へ行ってみるわ。魔物がここを襲わないとも限らない。ここの結界を最大強度にしていくから、ハルはアンを守ってあげて。結界の外に出ないようにね」

私の指示を聞いたハルが、納得《なっとく》できないと言わんばかりに抗議《こうぎ》する。私を心配しているのだろう。

「クロエさま、あんな奴放《ほう》っとけばいいじゃないですか！　自分で蒔《ま》いた種でしょう？　自力で刈り取らせればいいんですよ！」

「そういうわけにはいかないわ。魔物の数が尋常《じんじょう》じゃないもの。放っとけばこちらにも被害《ひがい》が及《およ》ぶかもしれない。何百という魔物が近くまで来てるんでしょう？」

「ええ、奴の拠点の南東のほうから……。だけどクロエさま……」

「大丈夫《だいじょうぶ》よ。ここで待ってて」

　ハルは私の言葉に渋々《しぶしぶ》頷いた。ハルの言っていることのほうが正しいのは分かる。そしてこの家に被害が及ぶかもしれないという私の言葉にも嘘《うそ》はない。実際に怒り狂《くる》った魔物がエルネストさんを倒《たお》したあと沈静《ちんせい》化せずにここを襲ってくる可能性は高い。

　けれど本当は、誰《だれ》かが近くで死ぬかもしれないと分かっているのに何もしないで高みの見物なんて、私にはどうしてもできないのだ。

　ハルにアンの保護を託《たく》して家の結界を最大限まで強化したあと、森に入って南のほうへと走る。魔力を感知できない私でも分かるくらいに森がざわめいている。普段この辺りを徘徊《はいかい》しているはずの魔物や動物が一切《いっさい》いなくなっている。鳥の一羽《わ》すら見かけない。

「やっぱり森がおかしい……」

　アシッドエイプは厄介《やっかい》な魔物だ。単体だとたいして強くはないけれど、自分たちの縄張りを作って組織で行動する。

体は猿《さる》に似ていて身長が二メートル前後あり、百～二百の群れをなすと黒の書に記載されている。統率《とうそつ》するボスがいて仲間同士で連係攻撃《こうげき》もしてくるらしい。

けれど一番厄介なのは奴《やつ》らが吐《は》きかけてくる唾液《だえき》だ。非常に強い酸性で、素肌《すはだ》にかかってしまったら酷《ひど》い火傷《やけど》のような状態になってしまう。そのまま放置すれば酸が皮膚《ひふ》から浸透《しんとう》して最後には骨をも侵《おか》す。

「何をしでかしたか知らないけれど」

エルネストさんは拠点の魔物を掃除するときに、奴らの群れの個体を何体か倒してしまったのかもしれない。あるいは拠点の場所が奴らの縄張りの中なのかもしれない。

兎《と》に角エルネストさんがアシッドエイプの怒りを買って報復されようとしているのは間違いない。

「まったく、面倒《めんどう》をかけてくれるわ」

私を殺すと言った男《ひと》だけれど、このまま放っておくことはできない。いくら強くてもアシッドエイプ数百を一度に相手にするのは無理がある。

南へ走り続けてしばらくすると、薄暗《うすぐら》い森の中に明るい開けた草地が見えてきた。

あの少女に会って拠点へ戻《もど》ったあとしばらく経《た》ってから、俺は森の異常に気付いた。この周辺に感じていた魔物や動物の気配がなくなっている。鳴き声や匂《にお》いや木々のざわめきなどの一切が綺麗さっぱり消えた。

「ん、なんだ……」

南東の方角から地響《じひび》きや葉擦《はず》れの音が微《かす》かに伝わってくる。徐々《じょじょ》に大きくなってくる異様な気配に嫌《いや》な予感が芽生える。伝わってくる気配は一匹《ぴき》や二匹《ひき》じゃない。桁外《けたはず》れの大群だ。

すぐに腰《こし》に吊《つ》るした剣を抜《ぬ》いて準備に取りかかる。体調も魔力も万全《ばんぜん》だ。襲《おそ》ってくるものは何であろうと返り討《う》ちにする。それだけだ。

結界の南東の遥《はる》か先のほうから数体のアシッドエイプが木の枝を伝ってくるのがちらりと見えた。俺のほうへ一直線に向かっている。奴らの狙《ねら》いはどうやら俺らしい。

奴らの習性については聞いたことがある。

「仕返しか？」

今朝早くに、話に聞いていた女に会うためにこの森へと降り立った。丁度いい草地があったのでここを拠点にしようと決めた。

そこで拠点の場所を確保すべく魔物の掃除に取りかかった。逃《に》げていく魔物を追うことはしない。ただこの草地に元々いた何匹かが牙《きば》をむいて襲い掛《か》かってきた。

その中にアシッドエイプが三匹《びき》いた。奴らの習性は知っていたが、報復に来るなら返り討ちにすればいいと考えて躊躇《ちゅうちょ》せずに屠《ほふ》った。どうやらそれがまずかったらしい。

「こんな大群で来るとは執念深《しゅうねんぶか》い。……いや、執念なら俺のほうが上か」

俺はクロエという少女の正体をまだ知らない。再会する前に猿ごときに倒されるなど無様すぎる。俺を殺そうとしたあの黒い魔女《まじょ》に復讐《ふくしゅう》するまでは、絶対に倒れるわけにはいかないのだから。

右手の長剣に氷属性を付与《ふよ》する魔法をかけて、氷の刃《やいば》へと変化させた。刃の周りには白い冷気が漂《ただよ》っている。そして自身に身体強化と防御《ぼうぎょ》強化の魔法をかけた。

この拠点を覆《おお》う結界は、残念ながら雑魚《ざこ》魔物の侵入《しんにゅう》を防ぐ程度の弱いものだ。あの猿が集団で襲ってきたら耐《た》えきれないだろう。俺は結界を張るのが少々苦手なのだ。

そして奴らの唾液攻撃は厄介だ。黒竜《こくりゅう》の鱗《うろこ》であつらえたこの鎧《よろい》ならば強酸にも耐えうるが、全身に纏《まと》っているわけではないので万全ではない。

「さて、防御強化がどこまでもつか」

三匹のアシッドエイプが近付いてきた。魔法の射程に入ったのを見計らって、奴らに向かって放射状に氷の槍《やり》を放った。そして二匹の魔物が体を貫《つらぬ》かれる。

「ギャアッ！」

「ギィアッ！」

残った一匹が氷の槍をかいくぐって飛びかかってきた。空中で俺に向かって強酸の唾液を発射しつつ、鋭《するど》い爪《つめ》を振《ふ》りかぶる。

俺の顔を狙った魔物の唾液を、姿勢を低くして躱《かわ》しつつ爪の攻撃を右に避《よ》けながら、一気に間合いを詰《つ》めて魔物の胴《どう》を横薙《よこな》ぎに斬《き》り払《はら》う。

「ハッ！」

「ギィヤアアッッ！」

魔物が断末魔の悲鳴を上げた。そして分断されて凍《こお》りついた亡骸《なきがら》がボトリと地面に落ちた。

これで三匹は倒したが、最初にやった二匹の向こうから数十匹の魔物が枝伝いに近付いてくるのが見える。

「数は多いが所詮《しょせん》雑魚にすぎん」

近づかれると唾液の攻撃が厄介だ。接近される前に魔法で迎《むか》え撃《う》つことにする。

左手をかざして無数の氷の槍を大群の迫《せま》る前方へ放ちつつ、氷の剣の先を地面に突《つ》き刺《さ》して前方へと斬り上げた。

斬り上げた地面から鋭い氷の棘《とげ》が次々に大量に生えて前方へと走っていく。高さ五メートルほどにぐんぐんと伸《の》びた氷の棘が次々と魔物の体を貫いていく。一気に数十匹の魔物が片付いた。

　氷の棘は魔物を貫きながら同時に敵の進行をも妨《さまた》げる。魔物は地面から生えた大量の氷柱《つらら》に躊躇して速度を落としながらも、氷柱の隙間《すきま》をかいくぐって接近してくる。

「キリがないな。全部で何匹いるんだ」

　前方に氷の槍を射出しつつ、剣《けん》で氷の棘を走らせる。たまにかいくぐって接近してくる魔物を氷の剣で叩《たた》き斬る。

　これを何度繰《く》り返しただろうか。もう百五十匹くらいは倒した気がする。

「くそっ、残りは何匹だ……」

　いくら倒してもキリがない。倒した側《そば》から次々と魔物が押し寄せる。

　油断をしていたわけではないが、一瞬《いっしゅん》の隙をつかれて三匹の接近を許してしまった。三方向から同時に唾液攻撃を受けそうになる。

　咄嗟《とっさ》に氷の盾《たて》を作って防いだが、うち一匹の唾液攻撃を右膝《みぎひざ》に受けてしまった。激痛に耐《た》えながらそのまま残りの一匹を斜《なな》め上に斬り上げた。

「ギャアァッ！」

　断末魔の叫《さけ》びとともに魔物の体が分断されてボトリと地面に落ちた。酸を受けた右膝に目をやり、傷の状態を確認《かくにん》する。

「チッ。よりによって足か」

予《あらかじ》めかけておいた防御強化のお陰《かげ》で強酸の効果が薄れはしたが、被弾《ひだん》した部分は酷い火傷状態になってしまっている。

徐々に激しくなってくる痛みに耐《た》えかねて、不覚にも右膝を地面についてしまった。このまま魔法の攻撃をやめてしまえば一度に多勢の接近を許してしまうことになる。

案の定、仲間の屍《しかばね》を乗り越《こ》えて、怒《いか》りで真っ赤に染まった目をぎらつかせながら、数十匹の魔物が押し寄せてきた。このままではあっという間に嬲《なぶ》り殺されてしまうだろう。

一瞬絶望に支配されそうになった。だがそのとき、なぜかあの少女の顔が頭に浮《う》かんだ。そうだ……俺はまだクロエのことを何も知らないじゃないか。

「まだ倒《たお》れるわけにはいかないっ……！」

これ以上敵を近付かせるわけにはいかない。俺は歯を食いしばって立ち上がった。

「あれを使うしかないか……」

魔力の消費が激しいので長期戦になりそうなときには使わない。所謂《いわゆる》とっておきというやつだ。

すうっと大きく息を吸って呼吸を整え、魔物が押し寄せてくるほうへ両手をかざす。そして残る魔力を全《すべ》て使い切るつもりで風と氷晶《ひょうしょう》の混ざり合う噴流《ふんりゅう》を放射状に放った。

俺を起点として吹《ふ》き出される猛吹雪《もうふぶき》に、魔物をはじめ地面や草木もみるみる凍りついていく。前方から向かってきていた何十匹という魔物たちが、そのまま凍りついて次々に地面へと落下していく。攻撃範囲《こうげきはんい》にあったものは全て氷結してしまっている。

持てる力の全てを出しきったとき、目の前にはまるでツンドラのような、白銀に染まった氷点下の世界が広がっていた。

「……やったか」

もはや魔力は底をつきかけている。そのまましばらく様子を見てみたが、もうツンドラの向こうから新手の魔物が来ることはなさそうだ。

凍りついた地面の上には氷像と化した魔物の残骸《ざんがい》が無数に散らばっている。そして拠点《きょてん》の中には、何体あるのか判別できないほど大量の屍の山ができていた。

足を引き摺《ず》りつつなんとか近くの樹木まで移動して、背中を凭《もた》せかけてずるずると座り込んだ。

「なぜあの娘《こ》の顔が……」

——あのとき浮かんだのだろう。

右膝の傷を冷却《れいきゃく》したあと、俺はこれ以上敵が来ないことを祈《いの》りながらゆっくりと目を閉じた。

私はエルネストさんの拠点らしき場所を避《さ》けるように、その南東へと向かった。魔物がやってくると思われる方角だ。

木々の間を縫《ぬ》うようにしばらく疾走《しっそう》を続けたところで、遥《はる》か先にゆっくりと右方向へ進む黒い塊《かたまり》が見えてきた。

「あれね」

この分だと先陣《せんじん》はすでにエルネストさんの拠点に辿《たど》り着いているかもしれない。群れには木々を伝いながら進むものと、手足を使って地面を走るものがいるようだ。

そういった魔物の動きによって森の樹木が揺《ゆ》らされて、ザワザワと激しい葉擦《はず》れの音を響《ひび》かせている。あまりの数の多さに、地響きやら葉擦れの音やらがここまで響いてくる。

「凄《すご》い数……」

黒の書の記載《きさい》によればアシッドエイプの群れは百から二百ということだけれど、目の前の大群を見る限りとてもそうは思えない。

今、目に入る範囲だけでも二百は軽く超《こ》える。すでにエルネストさんの拠点へ向かっている大軍を入れると、三百匹《びき》以上はいるのではないだろうか。

群れ同士の戦いで他《ほか》の群れが合流することがあるのかもしれない。ボスに統率《とうそつ》力があればそれが可能なのかも。

「ボスは一体どこにいるのかしら」

私は行軍の後尾《こうび》を目指して走った。狙《ねら》いはアシッドエイプのボスだ。乱れのない行軍を見る限り、かなり統率が取れていると思われる。群れの最後尾の辺りには必ずボスがいるはずだ。

「急がないと……」

できることなら後方の部隊を、エルネストさんに分からないようにこちらで処理したい。少しでも敵を減らせばエルネストさんの負担が減るだろう。

さらに速度を上げてしばらく進むと、行軍の切れる少し前のほうにひときわ大きな魔物《まもの》の影《かげ》を見つけた。

雑魚《ざこ》の大きさが二メートルそこらだとすると、ボスの大きさはおよそ三メートル半といったところだろうか。雑魚は手足の四本で移動しているのに対し、ボスは速度を合わせるためなのか二本足で移動している。毛むくじゃらでかなりの巨体《きょたい》だ。

「グリモワール。我が身に纏《まと》え」

黒の書が私の体に巻きつくように漆黒《しっこく》の軌跡《きせき》を描《えが》き、黒衣へと変化した。

「ドリアード、私のもとへ来て」

召喚《しょうかん》の詠唱《えいしょう》とともに青い光の中から樹木の幻獣《げんじゅう》ドリアードが現れた。長くてしなやかな蔓《つる》のような髪《かみ》を持つ、白い衣《ころも》を纏った女性の幻獣だ。まるで貴族の令嬢《れいじょう》のような上品な立ち居振《いふ》る舞《ま》いに思わず感心してしまう。

「ご用でしょうか、メートレス」

「アシッドエイプの進路を遮《さえぎ》って」

「承知しました」

私が指示を伝えると、ドリアードは地面へと吸い込まれるように消えていった。そして行軍の周囲の樹木がウネウネと動き出した。

ボスより少し前方に生えていた数本の樹木が急激に巨大化して空までも覆《おお》うように伸《の》び上がっていく。ついにはビッチリと隙間を埋《う》めて壁《かべ》のように立ちはだかった。

そしてそのままその左右の樹木も連なるように伸びて壁となり、樹木の壁に囲まれた形で後方の行軍が完全に断《た》たれてしまった。

「上手《うま》くいったみたいね」

どうにか群れの分断に成功したようだ。壁より前を行進していた群れは、後方が断たれたことにも気付かずそのままエルネストさんの拠点のほうへ前進していく。

一方壁に阻《はば》まれた後方の部隊は何が起こったのか分からずに混乱しているようだ。猿《さる》の魔物だけあって樹木の壁をよじ登ろうとするけれど、鼠返《ねずみがえ》しのようにカーブした天井《てんじょう》に阻まれ、越えることができずにずるずる落ちている。

ボスの群れは、私を含《ふく》めて完全に樹木の壁に囲まれており、間にあった木々もなくなって、まるで閉鎖《へいさ》された闘技《とうぎ》場のような空間になっていた。

「エキドナ、私のもとへ来て」

召喚の詠唱とともに青い光から幻獣エキドナが現れた。エキドナは上半身が美しい女性で下半身が蛇《へび》の幻獣だ。美しく整った面立《おもだ》ちに妖艶《ようえん》な笑《え》みを湛《たた》えている。

「何か用かしら、お嬢ちゃん？」

「私の援護《えんご》をお願い」

「フフ。任せなさい」

エキドナは私にウィンクをして敵のほうへ視線を向ける。私はエキドナを伴《ともな》って、混乱しているボスのいる部隊へと近付いた。

右往左往する雑魚の中で唯一《ゆいいつ》どっしりと構えている、ひときわ大きなアシッドエイプのボスが手下に指示を飛ばしている。そのボスが私の存在に気付いて唸《うな》るように話しかけてくる。

「ジャマを、シタノは、オマエか」

ボスが言葉を発したことに思わず驚《おどろ》いてしまった。獣人ならともかく、限りなく獣《けもの》に近いアシッドエイプのボスが言葉を解するほどの知能を持っているなんて予想もしていなかったのだ。

言葉が喋《しゃべ》れるならこちらの言葉も伝わるだろう。そう考えてボスに向かって話しかけてみる。

「貴方《あなた》がこの群れのボスね」

「……だったらナンダ」

「貴方たちが今やろうとしていることは、群れにとって大きなダメージになるわ。無駄《むだ》な戦いはしたくないの。このまま仲間と一緒《いっしょ》に引き揚《あ》げなさい」

ボスは毛むくじゃらの大きな口の端《はし》を吊《つ》り上げて、私の忠告を鼻で笑う。

「フン。カトウなニンゲンが、ナニサマの、ツモリだ。ゴミゴトキに、ヤラレルモノか」

言葉が通じるのは分かったけれど、聞き入れる気は全くないようだ。私は大きな溜息《ためいき》を吐《つ》いてゆっくりと確認《かくにん》する。

「退却《たいきゃく》するつもりはないのね？」

「ソノクチを、トジロ、ニンゲン。……オマエタチ、コノ、メスをコロセ」

それまで混乱していた雑魚の魔物が、ボスの号令に従って一斉《いっせい》に襲《おそ》い掛《か》かってきた。やはりかなり統率が取れているようだ。

私は瞬時《しゅんじ》に自分の周りに最大強度の防御《ぼうぎょ》結界を張った。今の私はとてつもなく硬《かた》い卵の殻《から》の中に入っているようなものだ。

「エキドナ、お願い」

「ウフフ、待ちくたびれたわ。汚《きたな》いお猿さんたち、私が遊んであげる」

エキドナはそう言って、私に襲い掛かろうとする魔物数匹《ひき》を蛇の体で纏めて捕《つか》まえた。そしてギリギリと絞《し》め上げる。

「ギャッ……ヒッ……」

エキドナの体に捕まった魔物は吐血《とけつ》した挙句、あっけなく絞め殺されてしまった。そして残った魔物もエキドナの口から毒の吐息を吐《は》きかけられる。

「ハッ、ギッ……」

酸に強いアシッドエイプもエキドナの猛毒《もうどく》の吐息には耐性《たいせい》がないようだ。毒を吸って喉《のど》を掻《か》き毟《むし》り、数秒で物言わぬ屍《しかばね》へと変わる。

余力のある魔物が唾液《だえき》を吐きつけて攻撃《こうげき》しているけれど、エキドナの体は硬い鱗《うろこ》に守られているからか酸の攻撃が効かないようだ。アシッドエイプにとっては最悪の相手と言えるだろう。

エキドナに雑魚の処理を任せて、私はボスの側《そば》へと近付いた。

「カトウな、ニンゲンゴトキがッ！　チョウシに、ノルナァッ！」

ボスは悔《くや》しそうに唾《つば》を飛ばしながら私に向かって叫《さけ》んだ。激昂《げっこう》するボスに、私は肩《かた》を竦《すく》めながら告げる。

「貴方は群れの首領として判断を誤ったのよ。……本当に残念だわ」

「ウルサイわ、ニンゲンめェッ！　ソノナマイキなクチを、キケナク、シテヤル！」

ボスはその巨大な体軀《たいく》からは想像できないほどの素早《すばや》さで一気にこちらへ詰《つ》め寄って、振《ふ》りかぶった大きな鋭《するど》い爪《つめ》を私の頭上に振り下ろした。

けれど私の結界が爪の攻撃を通すことはない。渾身《こんしん》の一撃を弾《はじ》かれたことに驚いたのか、ボスが大きく目を見開いた。その後何度も何度も爪での攻撃を試みるけれど、結界に傷ひとつ入れられない。

ボスは憤怒《ふんぬ》の表情を浮《う》かべつつ地団太を踏《ふ》んで悔しがる。

「ナニッ……！　ナゼだっ！　ナゼ、ツウジナイ！」

「結界があるからよ、お猿さん」

「クソッ、ソレナラバッ！」

爪の攻撃が通じないと分かって、突然《とつぜん》口から大量の唾液を吐き出した。強酸の唾液だ。私の周りの草木が煙《けむり》を上げながらジュウジュウと溶《と》けていく。

「ナ……ナゼだ。ナゼトケナイのだ……」

平然と立っている私を見て、ボスは愕然《がくぜん》とした様子を見せた。普通《ふつう》の結界ならば耐《た》えきれなかっただろう。けれど私の張った結界には傷ひとつ入っていない。

「私の結界は特別製なのよ。……でもそろそろ終わりにしましょう」

私の言葉を聞いたボスが、私を射殺さんばかりに睨《にら》みながら、低く唸るような声で呪詛《じゅそ》を呟《つぶや》く。

「コムスメが……。コロシテヤル。コロシテヤルぞ……」

私は再びグリモワールを行使する。

「雷神《らいじん》トールよ。契約《けいやく》のもとに彼《か》の者に裁きの鉄槌《てっつい》を下せ」

詠唱《えいしょう》とともに私の前に雷神トールの幻影《げんえい》が現れ、即座に巨大《きょだい》なハンマー、ミョルニルがボスの心の臓を打ち抜《ぬ》いた。その瞬間、辺りにドゴンと大きな音が響《ひび》く。

「カッ……ハッ！　カトウな、……ニンゲン、に、マケ……」

ミョルニルの衝撃《しょうげき》は凄《すさ》まじかったようだ。ボスは吐血したあと、両手で胸をギュッと押さえたままドサリと前のめりに倒《たお》れた。そしてボスが倒れると同時に、雷神トールとミョルニルの幻影がすぅっと消えた。

「貴方は選択《せんたく》を誤ったのよ……」

空虚《くうきょ》な気持ちが胸に広がる。私はこと切れたボスの亡骸《なきがら》をぼんやりと見下ろした。後ろを振り向くと、すでにエキドナによって後方部隊の全《すべ》ての雑魚《ざこ》が殲滅《せんめつ》されていた。

「エキドナ、ありがとう。助かったわ」

「お安いご用よ。また呼んでね～」

エキドナは私にキスを投げるような仕草をして、ふわりと現れた青い光の中へ消えていった。

私は樹木の壁を作ってくれたドリアードにも声をかける。

「ドリアード、ありがとう。貴女《あなた》のお陰《かげ》で戦いが楽になったわ」

私の言葉に応じてドリアードが地面から現れた。

「お褒《ほ》めいただき光栄です。それではご機嫌《きげん》よう、メートレス」

ドリアードは私に向かって綺麗《きれい》なカーテシーをしたあと、エキドナと同じように青い光の中へと消えていった。

と同時に、壁《かべ》を形成していた樹木が元の状態に戻《もど》っていく。たくさんの樹木が一斉に蠢《うごめ》くさまはなかなか壮観《そうかん》だ。

今さらだけれど幻獣《げんじゅう》は本当に頼《たよ》りになる。お陰で思ったよりも早く片付いた。

「先に進んでいった部隊も多いけど……彼は大丈夫《だいじょうぶ》かしら」

エルネストさんの現状が気になる。私は自分に不可視魔法《まほう》をかけたあと、グリモワールの黒衣を解いてエルネストさんの拠点《きょてん》へと急いだ。もうそろそろ陽《ひ》が落ちそうだ。明るいうちに辿《たど》り着きたい。

ボスと周囲の雑魚を倒したとはいえ、拠点のほうへ向かった群れは相当な数だ。私は拠点に近付くにつれ、森の風景の異常に気付いた。遥《はる》か先の地面や草木がなぜか白く染まっている。

「あれは何？」

嫌《いや》な予感がしてさらに走る速度を上げてみたら、突然滑《すべ》りそうになってしまったけれど何とか踏みとどまった。遠くから見えていた白銀地帯に足を踏み入れたのだ。ここはまるで永久凍《とう》土《ど》地域のように上下左右のありとあらゆる全てが凍《こお》りついている。

それだけではない。その凍りついた地面の上にはアシッドエイプの形をした氷像の残骸《ざんがい》が落ちている。中には無惨《むざん》に砕《くだ》けているものもある。これがただの氷像じゃないことは私にも分かる。

「これは全部彼が……？」

一体エルネストさんは何をしたんだろう。氷魔法だろうとは思うけれど。拠点まではまだ距《きょ》離《り》があるだろうに、この白銀地帯の長さは驚《おどろ》くべきものだ。これが魔法によるものなら、凄まじい射程距離と範囲《はんい》だ。

これほど強力な氷魔法を使うなんて……。エルネストさんは私が予想していたよりも遥かに強い魔力の持ち主だったらしい。

白銀地帯をさらに進んでようやくエルネストさんの拠点らしき場所へと辿り着いた。テントの周辺は凍っていなかったけれど、辺り一面が大量のアシッドエイプの軀《むくろ》で埋《う》め尽《つ》くされていた。これをエルネストさん一人でやったというのか。

（いた……）

拠点の片隅《かたすみ》でエルネストさんが木に凭《もた》れて座り込んでいるのが見えた。意識を失っているのかと思ったけれど、ただ静かに目を閉じているだけのようだ。

エルネストさんの姿を見たところ、随分《ずいぶん》と魔物の返り血を浴びているようだ。周囲の惨憺《さんたん》たる有様から、この拠点で激しい戦いが繰《く》り広げられたことが窺《うかが》い知れた。

私は不可視魔法を解いたあと、エルネストさんに近付いて声をかける。

「エルネストさん、大丈夫ですか？」

私が声をかけるとエルネストさんはゆっくりと瞼《まぶた》を開けた。そしてこちらへ顔を向けて私を見た。エルネストさんの表情には疲労《ひろう》の色が濃《こ》く滲《にじ》んでいる。

「君はなぜここに……」

「魔物の大群がここへ向かっていたので様子を見にきました」

「馬鹿《ばか》なことを……」

エルネストさんは私に向けていた視線を前方へ戻して呟いた。私はエルネストさんの側に座り込んで尋《たず》ねてみる。

「あの凍りついた場所と大量の魔物の死体は、貴方《あなた》がやったんですか？」

「ああ……」

エルネストさんは私の質問に面倒臭《めんどうくさ》そうに答えた。魔力を使い果たしてしまったのだろうか。顔色が悪い。

それによく見ると右膝《みぎひざ》を負傷しているようだ。怪我《けが》の状態から察するに、アシッドエイプの酸にやられたのだろう。火傷《やけど》のように爛《ただ》れた傷は見るからに痛そうだ。

「その怪我を見せてください」

私の言葉を聞いてエルネストさんは驚いたように目を丸くした。そんなにおかしなことを言っただろうか。

「駄目《だめ》だ。もう暗くなってきた。早く帰れ」

まるで邪魔《じゃま》だと言わんばかりに拒絶《きょぜつ》されてしまった。けれど残念ながら私には怪我人を放置する趣味《しゅみ》はない。エルネストさんの拒絶を断固として拒否《きょひ》させてもらう。

「私は大丈夫ですから。怪我、見せてもらいますね」

私の言葉に複雑な表情を浮かべるエルネストさんを尻目《しりめ》に、強引《ごういん》に右膝の状態を見た。アシッドエイプの酸を受けたにしては傷の症状《しょうじょう》が軽い。防御《ぼうぎょ》強化をかけて軽減したのだろうか。とはいえ酷《ひど》い火傷に変わりはない。酸が骨に達していないといいのだけれど。

エルネストさんの顔を見ると、かなり痛そうに顔を歪《ゆが》めている。どうやら痩《や》せ我慢《がまん》をしているらしい。

「グリモワール」

私は左の掌《てのひら》の上に黒の書を取り出して、治癒《ちゆ》を施《ほどこ》そうとした。ところが黒の書を目にした途《と》端《たん》、エルネストさんがカッと目を見開いた。

そして患部《かんぶ》を治癒しようとした私の右の手首をぐっと掴《つか》んで引き寄せた。本当にこの人はいちいち距離が近い。

（ちょっと！　顔が近いっ。綺麗な顔で睨まれると怖《こわ》いんだからっ）

私の目を見つめるエルネストさんの瞳《ひとみ》には困惑《こんわく》の色が見える。

「やめろ。……やはりお前は魔女だったのか」

私の目をじっと見ながら紡《つむ》がれるエルネストさんの魔女という言葉に疑問が湧《わ》く。なぜ急にそんなことを言いだしたのだろう。

「いえ、違《ちが》います」

「だが、その魔導書は魔女の証《あかし》じゃないのか。しかも黒とは……！」

きっぱりと否定したのに、ようやく尻尾《しっぽ》を掴んだとばかりに詰《つ》め寄られる。

（グリモワールが魔女の証？　黒だから何？　この人は一体何を言っているの？）

私の手首を掴むエルネストさんの力がさらに強まる。手首が痛い。ちょっとは手加減してほしい。

「待ってください。エルネストさん、貴方が何を言っているのか分かりません！」

「お前は十年前に俺を殺そうとした黒き魔女ではないのか⁉」

エルネストさんが私を睨《にら》みながら迫《せま》ってくる。本気でわけが分からない。やはりエルネストさんにちゃんと事情を聞かなくては。けれど今は取りあえず傷の治癒をさせてほしい。

「エルネストさん、落ち着いて。今は治癒をさせて。そのあとで貴方の質問に答えますから」

私がそう言うと、エルネストさんは私の手首から手を離《はな》して遠ざけた。そして顔を逸《そ》らしたあとに吐《は》き捨てるように言った。

「チッ。何もしなくていい。お前の施しは受けない」

「いいえ、貴方が断るのを断るわ。私の好きにさせてもらうから」

私は自由になった右手で強引に治癒を施す。患部が白い光に包まれて、あっという間に治癒が終わった。

止める間もなく治癒が終わってしまったことで、エルネストさんは気まずそうに顔を逸らす。

「余計なことを……！　礼は言わんぞ」

「お気になさらず」

別に礼なんて欲しくない。そんなことよりも手首が痛い。手首をよく見るとエルネストさんに掴まれた痕《あと》が赤くなって残っている。それを見て、夜会の折、王太子の側近である騎士《きし》のトリスタンに掴まれたことを思い出してイラッとしてしまった。

辺りが暗くなってきたので、一度立ち上がって拠点に魔法の灯《あか》りを灯《とも》し、周囲に結界を張り直した。そして再びエルネストさんの側《そば》に座って話しかける。

「ねえ、エルネストさん。なぜそんなに魔女を憎《にく》むのか教えてもらえないかしら」

私は真っ直《す》ぐにエルネストさんの目を見て尋ねた。顔を逸らしていたエルネストさんがバッと顔をこちらへ向けて私を睨む。

「……白々しいぞ。俺を殺そうとしておきながら」

「貴方は一体何を言っているの？」

身に覚えのないことをいくら突《つ》きつけられても答えようがない。それなのに、エルネストさんの瞳からは、はっきりとした憎悪《ぞうお》の感情が見て取れる。

朝に向けられたような曖昧《あいまい》なものではない。私は理不尽《りふじん》な恨《うら》みを向けられていることが、段々悲しくなってきた。

「十年前だ。忘れたとは言わせんぞ」

「ちょっと待って。六歳の私が貴方を殺そうとしたとでも言うの？」

私の言葉を聞いたエルネストさんが驚いたように目を丸くする。

「……なんだって？」

「私は十六歳なの。十年前は六歳よ。誰《だれ》と間違っているのか知らないけれど、私が十年前もこの姿だと？」

エルネストさんは大きく目を見開いて顔の下半分を片手で覆《おお》い、信じられないといったような表情を浮《う》かべる。

「……魔女は年を取るのが遅《おそ》くて、今も姿が変わらないのかと思っていた」

どこのお伽噺《とぎばなし》の魔女の話をしているのだろう。幻獣《げんじゅう》や人外の種族ならばあり得ないことではないけれど、私は一応人間だ。

「……貴方が言う魔女というのがグリモワールの使い手のことだったら、当たり前に年を取るし外見も年相応に変わるわ」

魔力量は人並み外れているものの、私は普通《ふつう》に年を取るし、寿命《じゅみょう》が特別長いということはない。はずだ、多分。

私の言葉を聞いたエルネストさんが、片手で口を覆ったまま何かを考え込むように俯《うつむ》いて、再び顔を上げて私を見る。

「そうか……。だが俺を殺そうとした魔女の顔は君にそっくりだった」

「え？」

そんな馬鹿な。十年前、私は六歳だった。当時は幼い子どもだし、エルネストさんを殺そうとするわけがない。

けれど今のエルネストさんの言葉で合点《がてん》がいった。なぜここまで私を仇《かたき》の魔女だと決めつけるか不思議だったのだ。顔がそっくりという理由ならば勘違《かんちが》いするのも頷《うなず》ける。十年もの間、私とそっくりの魔女の顔を記憶《きおく》に留《とど》めていたのだろう。

（そういうことだったのね……。でも……）

エルネストさんの言う私の顔にそっくりのグリモワール使いに全く心当たりがないわけではない。けれどそれはあり得ない。

彼女は人を殺そうとするような人ではなかった。周囲の人間に深い慈愛《じあい》をもって接し、誰に対しても優《やさ》しく愛情深い――そんな女性だった。人を疑うことを知らない純粋《じゅんすい》な人だった。

だからこそ……無惨《むざん》にも殺されてしまったのだ。

「私にそっくりって……その人の特徴《とくちょう》を教えて」

あり得ない事実を突きつけられて、指先が冷たくなっていくのを感じながらエルネストさんに尋《たず》ねた。

「俺は当時まだ十三歳だった。だから覚えているのは部分的だ。魔女の年齢《ねんれい》ははっきりとは分からないが、とても美しい顔立ちの妙齢《みょうれい》の女性だったことを覚えている」

取りあえず私じゃないことだけは確かだ。十年前の私は幼い子どもだった。

「顔は君にそっくりだが、死にかけている俺を眺《なが》めながら、まるで嘲《あざけ》るように妖艶《ようえん》な笑《え》みを浮かべていた。そしてその魔女は漆黒《しっこく》のドレスを纏《まと》っていた」

「漆黒の……」

グリモワールを纏った状態の衣《ころも》は本の色で違う。白の書を持つミレーヌならば白いドレス、赤の書を持つ者は赤のドレス、といった感じだ。漆黒であれば確かに黒のグリモワールの使い手である可能性がある。

漆黒のドレスを着ていたという私とそっくりな女性……。黒の書持ちはお母さまと私だけだ。

そして十年前ならば、お母さまはまだ生きている。

けれど、エルネストさんに聞いた魔女のイメージが清廉《せいれん》だったお母さまとはかけ離れすぎている。やはりその魔女がお母さまだとは到底《とうてい》思えない。

(そんなはずはない……。絶対に)

エルネストさんが嘘《うそ》を言っているとは思わないけれど、何か記《き》憶《おく》違いがあるのではないだろうか。そうに違いない。

それにしても、これほどまでの憎悪を向けてくるなんて、本当に命を狙《ねら》われただけなんだろうか。

「貴方《あなた》はその魔《ま》女《じょ》に何をされたの？」

そのときの恐怖《きょうふ》を思い出してしまったのだろうか。私の問いかけに、エルネストさんは眉根《まゆね》を寄せて苦しそうな顔で答える。

「殺されかけた。悪いがそれ以上のことは言えない」

何か深い事情があるのだろう。それっきりエルネストさんは口を噤《つぐ》んでしまった。

それにしても、グリモワールの強力な力を持ちながら、たった十三歳の少年を殺そうとするなんて……。グリモワールを持つ女に殺されかけたエルネストさんは、全《すべ》てのグリモワール持ちに憎悪の感情を抱《いだ》いてしまったのだろうか。

「貴方はグリモワールを持つ者全てを憎んでいるの？」

「……分からない。君以外にグリモワール持ちはその女しか知らないが、俺にはその女が邪悪《じゃあく》な魔女にしか見えなかった。その女のことは憎いが、他《ほか》の者は……分からない」

「そう……」

エルネストさんを殺そうとしたのがお母さまではないと信じている。けれど確証がない。それにエルネストさんがグリモワール持ちを憎むのも無理はない。お母さまのことを明かして「魔女ではない」と主張したところで信じてもらえないだろう。

「兎《と》に角、私は黒の書を使って人を殺そうとしたことはないし、他人を傷つけたこともないわ。信じられないかもしれないけれど……」

　私がそう言うと、エルネストさんは気まずそうに目を逸《そ》らして人差し指で頬《ほお》を掻《か》きながら答える。

「……いや、信じるよ。君に邪悪さは感じられない。顔はそっくりだが、あの女とは纏う雰囲《ふんい》気《き》が全く違う。だからこそ俺は初めて君に会ったときに悪《あ》しき魔女だと断定できなかった」

「そうだったの……」

「傷つけたなら、その……すまなかった」

　エルネストさんが気まずそうに、そして申し訳なさそうに謝罪した。悪いとは思ってくれているようだ。確かにとんでもない濡《ぬ》れ衣《ぎぬ》ではあるけれど、同族の誰かがエルネストさんを手に掛《か》けたのかもしれないと思うと、申し訳ないという気持ちが芽生えてくる。

「もういいわ」

　そう答えたとき、エルネストさんの視線が一か所に向けられているのに気付いた。何を見ているのだろうと思って首を傾《かし》げると、エルネストさんが申し訳なさそうに口を開く。

「それ……痛かっただろう」

「え？」

エルネストさんが私の右手首を指差す。右手首にはエルネストさんに強く掴《つか》まれた手の痕《あと》が赤くなって残っている。

「女性なのに力任せに掴んで……すまなかった」

「いえ、いいの。事情を聞いたら仕方ないなって思うから」

私の言葉を聞いたエルネストさんが、驚《おどろ》いたように目を丸くして私の顔をじっと見てくる。

何か変なことでも言ってしまったのだろうか。

気が付くと辺りはもう真っ暗になってしまっていた。きっとハルたちが心配しているだろう。そろそろ戻《もど》らないと。

「そろそろ家へ帰るわ」

「送るよ」

突然《とつぜん》向けられた心遣《こころづか》いの言葉に驚いてしまった。そしてエルネストさんが初めて見せる柔《やわ》らかな眼差《まなざ》しに、ほんの少しだけ心臓が跳《は》ねる。

「いえ、不可視魔法をかけて帰るので大丈夫《だいじょうぶ》」

「そうか……」

私の返事を聞いてエルネストさんが一瞬《いっしゅん》肩《かた》を落としたように見えた。

「おやすみなさい」

「おやすみ」

最後のエルネストさんの穏《おだ》やかな声がいつまでも耳に残る。初対面のときとは真逆の、優しい声と言葉に混乱してしまう。

私はなんだか嬉《うれ》しいような気《き》恥《は》ずかしいような気持ちを抱きながら、エルネストさんの拠点《きょてん》をあとにした。

第四章　和解への道

私は家に到着《とうちゃく》した直後に家を防護していた結界の強度を引き下げた。今のままでは皆《みな》が出入りするのに支障が出るからだ。

「ただいま」

「クロエさま、お帰りなさい。無事でよかったぁ……」

私が家の中に入ると調理場にいたハルが心配そうに駆《か》け寄ってきた。

「お帰り。クロエ、怪我《けが》はないか？」

アンまでも不安げな表情を私に向けてきた。どうやらハルとアンには随分《ずいぶん》と心配させてしまったらしい。

私はハルとアンにエルネストさんから聞いた事実をありのままに伝えた。

「お主の母君がのう……」

アンが一点を見つめながら考え込む。エルネストさんの話の内容だけを聞けば、アンとハルもお母さまのことを黒き魔女だと思うかもしれない。だって二人は生きていたころのお母さまを知らないのだから。

「いえ、それは何かの間違《まちが》いだと思うの。母は絶対にそんなことをする人じゃないわ」

「でも状況《じょうきょう》だけで推測すると、あの男がクロエさまの母上を魔女だと思っても仕方がないですねぇ」

ハルが肩を竦《すく》めて話す。その点は同感だ。けれどそれはきっと何かの間違いなのだ。誰《だれ》が信じなくても私はお母さまを信じている。証明できないのが心底悔《くや》しい。

「ええ、そうじゃないと断言できる証拠《しょうこ》もないし……でも絶対に違うわ」

「そんなに信じられるなんて、愛ですねぇ」

「いい母君だったんじゃのう」

「ええ……」

私の言うことに疑うことなく頷《うなず》いてくれるハルとアンの気持ちが嬉しい。お母さまの味方が私だけだと思うと悲しかったから。

黒の書から得た知識をもとに私が作ろうとしているのは『追刻《おいとき》の糸車《いとぐるま》』という。使用すると過去を見ることができる禁断の魔道具だ。

なんとしてもそれを手に入れてお母さまを殺した首謀者を突き止めようと考えていた。そのために全てを捨ててこの森に引き籠ったのだけれど。

もしかして、黒き魔女のことも『追刻の糸車』を使えば真相が分かるのではないだろうか。

エルネストさんを殺そうとしたのが一体誰なのか。

別に真相を暴《あば》くことは怖《こわ》くない。犯人が誰であろうと、それがお母さまではないのは確かだから。

翌日、庭に出たアンが室内に戻ってくるなり衝撃《しょうげき》的な事実を告げた。

「さっき外に出たら、この敷地《しきち》の入口に山盛りのビッグホーンディアが置いてあったぞ」

「えっ!?」

ビッグホーンディアは大きな角を持った鹿《しか》に似た魔物《まもの》だ。体は鹿よりもかなり大きい。アシッドエイプのように群れをなして行動するけれど、あれほど大規模な群れではない。仲間の報復をすることもない。

それにしても魔物の死体が山盛りなんて……、

「それ、なんの嫌《いや》がらせ……」

「おお！　あれ、美味《おい》しいんですよねぇ。狼《おおかみ》は食べ飽《あ》きてたし、丁度よかったじゃないですかぁ」

「えっ、そうなの？」

嫌がらせじゃなかったのか。では誰が、一体何のために……？

「いやいや、ビッグホーンディア山盛りなんて宝の山ですよぉ。角も皮も高値で売れますしねえ。……あれじゃないですかぁ？　『笠地蔵《かさじぞう》』のお地蔵さんが持ってきてくれたんですよぉ」

「カサジゾー？　オジゾーサン？」

初めて聞く言葉に思わず首を傾げてしまった。ハルは私が知らないようなことをよく知っている。

「亜《あ》の国の有名な昔話ですよぉ」

「へぇ、そんなのがあるのね」

「よっし！　それじゃあ、今夜は腕《うで》を振《ふ》るって鹿肉料理でも作りますかねぇ」

ハルが楽しそうに指をポキポキ鳴らしながら外へ出ていく。恐《おそ》らくビッグホーンディアを解体するのだろう。それを見送ったアンがニヤニヤと笑って話しかけてきた。

「エルネストじゃないのか？　お主に助けてもらった礼だと思うぞ。儂《わし》は今度からあの男のことをエル地蔵と呼ぶことにしよう」

「プッ。確かにエルネストさん……しかいないわよね、そんなことするご近所さんは」

ハルの「エル地蔵」という言葉に思わず吹《ふ》き出してしまった。エルネストさんが宝の山を持ってきてくれたのだとしたら、その気持ちが嬉しい。まだ憎《にく》まれたままだと思っていたから。治癒《ちゆ》のお礼だろうか。でも実はエルネストさんじゃなくて、アシッドエイプの嫌がらせとかだったら凄《すご》く嫌だ。

エルネストさんはちゃんと食事をとれているのだろうか。毎日肉しか食べていないのではないだろうか。

（そんなの私なんかに心配してほしくないわよね……）

　ふと思いついて調理場でポテトサラダとトマトとチーズのサンドイッチ作りに取りかかった。そうだ、卵サンドも作ろう。私が調理を始めると、アンがダイニングへやってきてテーブルの席についた。そして私を見てきょとんとしている。

「お主も料理をするんじゃな。ん、これは六人分くらいあるのではないか？　なんだか多いような気がするのじゃが」

　私が作った大量のサンドイッチを見て、アンがこてんと首を傾《かし》げた。

「……ちょっとピクニックに行くからお弁当にね」

「この危険な魔物の徘徊《はいかい》する黄泉《よみ》の森の奥でピクニックか。まあそんな気分の日もあるかもしれんわのう。気を付けていくんじゃぞ」

　アンがニヤニヤしながら支度《したく》する私の様子を見ている。たまには魔物の徘徊する黄泉の森でピクニックもいいじゃない？

　私はサンドイッチを半分だけ持って、アンに見送られながら南の森へとピクニックに出かけることにした。

　魔物が寄ってこないように不可視魔法をかけて森に入る。南へずっと歩いていくと、エルネストさんの拠点が見えてきた。

拠点の場所は元々樹木が生えていない草地だったようだ。十メートル四方ほどの草地の端《はし》に、五、六人用の軍用テントが設置してある。草は短く刈《か》られ、中央付近に焚火《たきび》の跡《あと》と腰《こし》かけるためと思われる丸太が置いてある。

「お邪魔《じゃま》しまーす……」

テントを見てみると何か所か魔物の皮らしきものでつぎはぎがしてある。特殊《とくしゅ》な樹液を使って貼《は》り付けているようだ。もしかして戦ったときにアシッドエイプの唾液《だえき》で溶《と》けてしまったのだろうか。

テントの表面を触《さわ》りながら、意外と器用なのね、などと思わず感心していると……。

「おい」

「ひゃっ!」

背後から突然《とつぜん》声がかけられた。誰もいないと思っていたので驚《おどろ》いてしまった。心臓がドキドキしている。不可視魔法をかけていたのに、なぜばれてしまったのだろう。

魔法を解いて後ろを振り向くと、エルネストさんが無表情のまま私を見下ろしていた。初めて会ったときのような冷たい眼差《まなざ》しを向けられているわけではないけれど、歓迎《かんげい》しているという雰囲気《ふんいき》ではない。

「何しに来た」

「あ、あの、どうして私がいるのが分かったの？」

「俺に不可視魔法は通じない」

そうだったのか。隠《かく》れていたのを見つけられるのは、何とも言えない居た堪《たま》れなさと恥《は》ずかしさがある。こんなことなら不可視魔法を解いて堂々と訪問すればよかった。

「何か用か？」

重ねて問いかけられた言葉に答えようと口を開く。

「……貴方《あなた》がオジゾーサン？」

「……は？」

エルネストさんが唖《あ》然《ぜん》とした様子で聞き返してきた。言った瞬間《しゅんかん》に失敗したと思った。

（ああ、つい変な尋《たず》ね方をしてしまった……）

気を取り直してもう一度尋ねてみる。

「……変なこと言ってごめんなさい。エルネストさんが我が家にビッグホーンディアを持ってきてくれたの？」

「……ああ、あれはその、君を傷つけてしまったし、治癒の礼もまだだったから」

エルネストさんは気まずそうに目を逸《そ》らして答えた。どうやら気にしてくれていたらしい。

手首は確かに痛かったけれど。

「贈《おく》り物をありがとう。でもお礼は要《い》らないって言ったのに」

「礼をしないと言ったのは、君を邪悪な魔女だと思っていたからだ。……すまなかった」

「いいえ、もう謝ってもらったし……」

それにしてもこの距離《きょり》……。前にも感じたことがあるのだけれど、エルネストさんのパーソナルスペースはいつもこんなに狭《せま》いのだろうか。向かい合っているお互《たが》いの距離が三十センチくらいしか空いていない。

「エルネストさん、お昼、食べない？」

「え？」

「ピクニックに来たんだけど……お弁当多めに作りすぎたから少しお裾分《すそわ》けに寄ったの」

「この森でピクニック……いや、しかし……」

「肉ばっかりじゃ駄目《だめ》よ。野菜も食べないと」

「君は何と言うか、お人好《ひとよ》しだな。……それじゃ、お言葉に甘えてご馳走《ちそう》になるとするか」

「え、ええ」

促《うなが》されるように、エルネストさんと一緒《いっしょ》に焚火《たきび》跡《あと》の側《そば》に置かれた丸太の上に腰を下ろした。

座ってからふと気付いた。一緒に食べるつもりで来たけれど、よく考えたらエルネストさんは私の顔を見ながらだと食事が不味《まず》くなってしまうのではないだろうか。

「これ、置いていくから食べて」

そう言ってバスケットを渡《わた》して立ち上がろうとした。

「君は食べないのか？」

　エルネストさんが目を丸くして不思議そうに尋ねてきた。

「私が一緒だとランチが美味《おい》しくないんじゃないかと思って……」

「そんなことはないよ」

　エルネストさんが穏《おだ》やかに微笑《ほほえ》んだ。初めて見たエルネストさんの笑顔《えがお》に、少しだけ胃の上の辺りがキュッとした気がした。

「でも……」

「魔女のことを気にしてるならその必要はない。今さら何だと思うかもしれないが……君は君だ。ようやくそれが分かった」

　思いがけない言葉に胸が高鳴る。私が傷ついたと思って気遣《きづか》ってくれているのだろうか。

「エルネストさん……」

「俺のことは呼び捨てで構わない」

「じゃあ、エルネストさ……ランチをご一緒させていただきます」

　私がそう言うと、エルネストはくしゃりと笑った。その笑顔を見て、「笑うと少し幼く見えるな」などとぼんやり考える。

「あー……。じゃあクロエ、喜んでいただくよ」

「ええ」

持参したバスケットの蓋《ふた》を開けてランチの準備を始めることにした。少し肩《かた》の力が抜《ぬ》けた様子のエルネストを見て、折角《せっかく》だからこの機会にいろいろ尋ねてみようと考えた。

「こっちにあるのが卵サンドで、真ん中がトマトとチーズ。そっちにあるのがポテトサラダよ」

サンドイッチの中身を説明しているとき、エルネストはサンドイッチをずっと食い入るように見ていた。もしかして結構お腹《なか》が空《す》いていたのかもしれない。

よほど美味しかったのか、あっという間にバスケットのサンドイッチが綺麗《きれい》さっぱりなくなってしまった。

「とても美味しかったよ。ご馳走さま」

「簡単なものだけど、喜んでもらえてよかった。苦手なものはなかった？」

「ああ、どれも美味《うま》かった。君は料理が得意なんだな」

初めて他人に料理の腕《うで》を褒《ほ》められた。なんだか嬉《うれ》しい。けれど恥ずかしいので顔には出さないように誤魔化しながら答える。

「ありがとう」

私がお礼を言ったあと、エルネストが若干躊躇《じゃっかんちゅうちょ》したように尋ねてきた。

「言いたくなかったら言わなくてもいいんだが……」

「なに？」

「君はどうしてこんなに危険な森の奥に住んでいるんだ？　立ち居《い》振《ふ》る舞《ま》いから推察するに、

君は貴族の令嬢《れいじょう》なのだろう？」

　質問の答えについては特に秘密にしているわけではなかったので、これまでに自分の身に起こった事実のありのままをエルネストに打ち明けることにした。そうすることで少しでも信用してもらえたらと考えたのだ。

「君を魔女《まじょ》だと疑ってかかっていた俺が言うのもなんだが……。大の男が女性を寄ってたかって傷つけるなんて……」

　ばつが悪そうにしながらも自分のことのように腹を立ててくれるエルネストの言葉が嬉しい。

「それに君が地味で凡庸《ぼんよう》など、とてもそうは見えないんだが。そいつらは目が悪いんじゃないのか？」

　エルネストは不思議そうに首を傾《かし》げた。

「え……」

　ああ、そうか。今は地味に見えるお化粧《けしょう》はしてないんだった。今の姿がかつての凡庸な少女の姿ではないことを思い出す。エルネストはそのまま言葉を続ける。

「華《はな》やかだが派手ではなくて上品で、その、俺がこれまで見てきた中で、クロエが一番美しいと思う。魔女は憎《にく》いが、君を知れば知るほど似ているとは思わなくなった。雰囲気が柔《やわ》らかくて気遣いが細かくて……その、ン、ンンッ……可愛《かわい》いと思うが」

　エルネストがほんの少し頬《ほお》を赤らめながら咳《せき》ばらいを交えて告げた。最後のほうは声が小さくてよく聞こえなかったけれど、魔女と似ていないと言ってくれたのが何よりも嬉しかった。

「ブリュノワ王国は昔からグリモワールの力を利用していたのだけれど、私は王侯《おうこう》貴族としての誇《ほこ》りを忘れた彼らに利用されたくなかったの。だから学園ではなるべく目立たないようにしてきたわ。見た目もグリモワールの力も隠して」

「そう……だったのか……」

エルネストは何やら険しい顔で考え込んでしまった。一体どうしたというのだろう。

そう言えば私もエルネストについて知りたいことがある。

「エルネストはブリュノワの人間じゃないわよね？」

「……なぜそう思うんだ？」

「私は貴方が別の国の貴族じゃないかと思ってる。ブリュノワの貴族なら全員の顔と名前を知っているもの」

「そうか……」

「貴方《あなた》はどこから来たの？」

「……俺は帝国《ていこく》の人間だ。ダルトワ帝国……知ってるか？」

「ええ、勿論《もちろん》」

ダルトワ帝国……ブリュノワ王国の北隣《きたどなり》に位置する国だ。ブリュノワのグリモワールを確保しようとする動きは、高い武力を持つダルトワ帝国を牽制《けんせい》する目的もあると思われる。

そしてこの黄泉《よみ》の森はダルトワ帝国とブリュノワ王国の間に位置する、どちらにも属さない空白の森だ。

「俺はそこから来たんだ」

「そう……」

「それで君は……」

「え……？」

エルネストが何やら言葉を詰まらせた。

「森での今の生活に満足しているのか？　元の生活に戻《もど》りたいとは思わない？」

元貴族令嬢だから、という意味だろうか？　それなら答えは決まっている。

「全く。私は母が亡《な》くなってからこれまでの間では今が一番幸せ。誰《だれ》にも利用されず、煩《わずら》わしいしがらみもない。だから……」

——目的を成し遂《と》げるのに都合がいい。と言おうとして口を噤《つぐ》んだ。

「だから？」

「……いえ。私は今の生活にとても満足しているわ。気の合う仲間もいるし」

「ああ、君の従者たちのことか。彼女たちは何者なんだ？　人間ではないのだろう？」

ハルのことは言っても構わないが、アンのことは黙《だま》っておくことにする。アンはあれでも竜《りゅう》の国カーンの竜王なのだ。取りあえず私の幻獣《げんじゅう》ということにしておけばいいだろう。

「彼女たちは私のグリモワールで召喚した幻獣なのよ。だから信用できるの……人間よりも」

エルネストは私の言葉に少し衝撃《しょうげき》を受けたのか、困惑《こんわく》したように眉尻《まゆじり》を下げた。

「そうか……。なあ、クロエ。近いうちに君の家を訪ねたいのだがいいだろうか？」

「え、ええ、構わないわ。彼女たちにもそう伝えておく」

「ああ、頼《たの》む」

そう言ってエルネストはそれきり、腕を組んだままじっと一点を見つめて、何やら考え込んでしまった。何か私が余計なことでも言って気を悪くしてしまったのだろうか。

そういえば、ちょっと一緒にお昼を食べるつもりだっただけなのに、随分《ずいぶん》と時間が経《た》ってしまった。

「長居してしまってごめんなさい。そろそろお暇《いとま》するわ」

「ああ、ご馳走《ちそう》さま。美味《おい》しいランチをありがとう」

私は笑顔で応《こた》えたあと、不可視魔法をかけてエルネストの拠点《きょてん》をあとにした。

この森へ来て八日が過ぎた。一緒《いっしょ》にサンドイッチを食べた日から三日、あれからエルネストには一度も会っていない。近いうちにこの家を訪ねると言っていたけれど、本当に来るのだろうか。思いのほかエルネストの訪問を楽しみにしていたことに気付いて、我《われ》ながら驚《おどろ》いてしまう。

アンの腕輪の解呪《かいじゅ》はここにきてさらにペースが落ちてきている。難易度がぐんと上がったからだ。最初は一日十個の術式を解除できていたのが、いまでは二、三個にまで減っている。腕輪の術式を組んだ人間も、かなりの労力がかかったのではないだろうか。

今日は三個の術式を破壊《はかい》したところで解呪を終えることにした。これでようやく全体の四割近くを解呪できたことになる。

「力足らずでごめんなさい。もう少し早く解呪できる予定だったのだけれど」

「何を言う。クロエ、お主が精いっぱいやってくれておるのは分かっておる」

「アン……」

「あと少しで四割じゃ。こちらこそすまんのう。精神を擦《す》り減らしておるお主に儂《わし》は何もしてやれん……」

アンがしゅんと肩を落とす。幼女がしょんぼりする姿は見るに忍《しの》びない。解呪をじっと動かずに待たなければならないアンにとってもかなり疲《つか》れることだろうに。

本当に優《やさ》しい子……。そんなアンに手を伸《の》ばし、慈《いつく》しむように頭を優しく撫《な》でた。

「いいのよ。どんなに時間がかかっても最後までちゃんとやるからね」

「……ありがたい。クロエ、これからもよろしく頼む」

「任せて」

……と笑いながら答えてはみたけれど、術式の難易度はどんどん上がってきている。だからといって立ち止まるつもりは毛頭ない。いくら難易度が上がろうとも諦《あきら》めたりはしない。絶対にアンを元の姿に戻す。

解呪が終わってひと息ついたそのとき、突然《とつぜん》入口の扉《とびら》がノックされた。もしかしてエルネストだろうか。

バッと入口の扉のほうを振《ふ》り向いて、はっと我に返る。なんだかこれでは楽しみにしていたみたいではないか。本当に馬鹿《ばか》みたい。

立ち上がって入口の扉に近付き、扉越《とびらご》しに声をかけて訪問者を確認《かくにん》してみる。

「どちらさまですか？」

「エルネストだ。突然すまない」

訪問者はエルネストだった。扉を開けると、何やら思いつめたような表情を浮《う》かべて佇《たたず》んでいる。

「いらっしゃい、エルネスト」

なぜだか浮上《ふじょう》してくる気持ちを顔に出さないように姿勢を正した。

「クロエ、実は折り入って君に頼みたいことがあって来たんだ」

エルネストが扉の外側に立ったまま、ゆっくりと口を開いた。

「頼みたいこと……？」

「ああ」

家の入口ではゆっくり話もできない。私はエルネストを部屋の奥へと招き入れた。体格の大きなエルネストが家の中へ入ると、いつもの居間が一気に狭《せま》く感じる。エルネストの身長は百六十五センチの私よりも頭一つ分は高い。

エルネストを招き入れたあと、アンとハルを紹介《しょうかい》することにした。竜王であることを隠《かく》すために、アンには私の幻獣ということにすると予《あらかじ》め伝えておいた。

「この子がアンジェリクよ」

私はアンの背中に手を添《そ》えて紹介した。

「俺の名前はエルネストだ。よろしく、アンジェリク殿《どの》。それと、この間は失礼をしてすまなかった」

エルネストが少し身を屈《かが》めるように差し出した右手を、アンが取って握手《あくしゅ》をした。身長の高いエルネストと、六、七歳相当の体つきのアンが並ぶと驚くほどの身長差だ。

「なあに、気にするな。儂は細かいことをいつまでも気にせん質《たち》じゃ。よろしくな、エル蔵」

アンが握手をした手でエルネストの腕《うで》をポンポンと叩《たた》いた。

アンの鷹揚《おうよう》な様子はどう見ても従者の態度ではないけれど、幻獣の性格も様々だし別におかしくはない……ということにしておこう。

「エル、ゾウ……？」

一方エルネストはアンに「エル蔵」と呼ばれて戸惑《とまど》っているようだ。いつの間にかエル地蔵がエル蔵になっている。

「それから、この子がハルよ」

ハルの肩《かた》に手を添えて紹介した。

「ハルでぇす。よろしくお願いしまぁっす」

笑いながら名乗るハルがいつにもまして軽い。

なんとなくハルの横柄《おうへい》な態度を見た感じ、どうやら顔では笑っているけれどまだ苛《いら》ついているのではないだろうかと思う。まあ第一印象が悪かったから仕方がないのかもしれない。

「ハル殿、よろしく。君にも失礼をした」

「まったくですよぉ。ブチギレそうでしたからね、あのときはぁ」

「あ、ああ、悪かった……」

ハルの様子を見て少し安心した。怒《いか》りは一応収まっていたようだ。

それにしても頼みたいこととは一体何だろう。エルネストには居間のソファーに座ってもらい、私たちは向かい側に座った。

「それで、ご用件は？」

私の問いに、エルネストは一呼吸おいてから話を始める。

「……クロエ、俺と一緒にダルトワ帝国《ていこく》へ来てもらえないだろうか」

「帝国、ですか……」

「ああ」

エルネストがゆっくりと大きく頷《うなず》いた。予想もしなかった話を聞いて、不安な気持ちが湧《わ》いてくる。

「君は今の生活が幸せだと言った。俺はそれを聞いてこのまま帝国へ戻《もど》ろうかと思っていた。だから無理はしなくていいんだ。君が嫌《いや》なら聞かなかったことにしてくれて構わない」

エルネストの言葉に嘘《うそ》はないと思う。私が嫌だと言えばこのまま引き下がってくれるだろう。けれど一応最後まで話の詳細《しょうさい》を聞いておきたい。

「……まずは詳《くわ》しい話を聞かせてもらえる？」

「ああ。俺の正式な名はエルネスト・イベール。ダルトワ帝国騎士《きし》団の副団長を務めている。今回はマルスラン皇太子殿下《でんか》より、グリモワールの使い手を我が国へ招待するようにとの勅命《ちょくめい》を受けてきたんだ」

エルネストは帝国の騎士だったのか。しかも副団長とは。確かにあれだけの実力があるのだから国の重要な役割を担《にな》っているのではないかと予想していたけれど。

それにグリモワールの使い手を……ということは、私がそうだと会う前から分かっていたということ？

「招待……ですか」

「クロエ、頼《たの》むからこれまでと同じように話してくれ」

「……分かったわ」

「……招待の理由を聞いたわけではないが、俺は殿下がグリモワールの力を持つ君の協力を求める可能性が高いと思っている」

「そう……」

私は禁忌《きんき》の魔《ま》道具《どうぐ》を作るためにブリュノワを離《はな》れる必要があった。けれどここへきて別の国に利用されるかもしれないとなると、帝国への招待に応じるのは正直気が進まない。

「勿論《もちろん》選択《せんたく》は君の自由だ。今ここで断ってもいいし、我が国へ来て皇太子殿下にお会いしてから決めてもいい。君に強制することは決してしないし、させない」

エルネストが静かにそう話す。強い意志を感じさせる瞳《ひとみ》でこちらをじっと見て話すエルネストの言葉に偽《いつわ》りはなさそうだ。もしかしてエルネスト自身が私を招待することに気が進まなかった……？

「それならなぜ最初に会ったとき、そう言わなかったの？」

「ここへ来る前は、君が俺を殺そうとした黒き魔女かもしれないと思っていた……。もしそうなら邪悪《じゃあく》な者を帝国へ招き入れるのは反対だった」

「なるほど……」

やはりエルネストは私を帝国へ連れていくことに気が進まなかったのか。いくら皇太子殿下の命令でも自分を殺そうとした魔女と行動を共にすることなどできないだろう。

「殿下にそう進言したら、迎《むか》えに行ってお前の目で確かめてこいと言い渡《わた》された」

「そうだったの……」

「ああ」

エルネストは頷いて話を続ける。

「そしてこの森へ来てここを訪《おとず》れた。最初は顔がそっくりだから俺を殺そうとした女かもしれないと思ったが、君と話すうちに違《ちが》うと分かった」

それで最初に会ったときに悪《あ》しき魔女かどうか見《み》極《きわ》めると言ったのか。

「それで私を誘《さそ》おうと？」

「ああ。だが君の望まないことはしたくない。君が嫌なら断っていい」

魔女の疑いが晴れないから気が進まないのではなくて、今は本当に私の望まないことをしたくないだけ……？　けれどももし断ればエルネストの立場はどうなるのだろう。

「もし私が断ったら、皇太子殿下になんて説明するの？」

「……同意を得られなかったと言うだけだ」

「本当にそれで済むの？　命令違《い》反《はん》にはならないの？」

「大丈夫《だいじょうぶ》だ。それは君が気にすることじゃない」

　私が断ってエルネストの立場的には大丈夫なのだろうか。特定の国におもねるつもりは全くないけれど、大した理由もなく敵を増やすのは得策じゃない。試《ため》しに皇太子殿下に会って協力を要請《ようせい》されたら、きちんと話を聞いてその上で判断すればいい。仮に力ずくで強要されるようであれば、力ずくで撥《は》ね退《の》ければいいのだから。

「ねえ、エルネスト。とりあえず招待には応じることにするわ」

「クロエ、いいのか……？　俺に気を遣《つか》っているなら無理はしないでくれ」

　エルネストは私の気持ちを慮《おもんぱか》ってくれている。優《やさ》しい人だ。

「貴方《あなた》の顔を立てるという意図が全くないわけではないけれど、皇太子殿下直々のご招待とあれば何の理由もなくお断りするのは失礼になるもの。それに本気で嫌ならお会いしてからはっきりと断るわ」

「……そうか。クロエ……すまない。それと、ありがとう」

　エルネストが申し訳なさそうに礼を告げて右手を差し出す。私はエルネストの手を取り固く握手《あくしゅ》を交《か》わした。握手を交わしたまま、私は先ほどの話で引っかかったことを尋《たず》ねてみる。

「それと、最後にもう一つだけ聞きたいことがあるのだけれど」

「何だ？」

「ブリュノワにいるはずのグリモワール持ちの私が国を離れてこの森にいることを、なぜ帝国にいる皇太子殿下がお分かりになったのかしら？」

どうしても腑《ふ》に落ちなかった。もし帝国の間諜《かんちょう》があの夜会に紛《まぎ》れていて私が追放されたという情報が皇太子殿下の耳に入ったとしても、どこへ姿をくらましたかは誰《だれ》にも分からないはずだ。

仮にこの森にいると当たりを付けても、広大な黄泉《よみ》の森にあるこの家の位置を正確に割り出すのは不可能だ。空から捜《さが》せば分かるかもしれないけれど。

……上空からでも分からないように、今度幻影《げんえい》の魔法でもかけておいたほうがいいのだろうか。

「それは……。いや、君にこちらの願いを聞いてもらったのだから、こちらのカードも見せるべきか」

「……？」

エルネストはそう呟《つぶや》いたあと、小さく頷いて再び話を始める。

「帝国にはグリモワールの使い手の位置を正確に探《さぐ》り出せる者がいるのだ。竜《りゅう》族の占術士《せんじゅつし》だ」

エルネストの言葉を聞いたアンがピクリと眉《まゆ》を動かした。

アンが以前言っていた。私のグリモワールの力を、竜ならば遠くからでも感知できると。しかも色付きでだ。

「そういうことだったの……。色も分かるの？」

「色……？　それは聞いたことがないが」

色が分かるのはアンだけということなのだろうか。あとでアンに聞いてみよう。

「……そう。その占術士の名前を聞いても？」

「なぜだ？」

さり気なくアンをちらりと見た。表情は変わらないが、アンはきっと聞きたいはずだ。占術士がアンの国カーンの者なのか。

「無理にとは言わないけれど」

「いや。帝国に竜族の占術士が存在すること自体が極秘事項《ごくひじこう》だから、存在を明かした今となっては名前を隠《かく》す意味もない。彼の名前はエヴラールだ」

「エヴラール……」

占術士の名前を聞いてもアンの表情は変わらない。物事に動じないのは流石《さすが》女王の貫録《かんろく》といったところか。

「そろそろ失礼するよ。クロエ、招待を受けてくれてありがとう。出発は明日……でもいいか？」

「随分《ずいぶん》と急ね。でも、ええ、構わないわ。ドレスなんて持ってきていないから普段着《ふだんぎ》で訪問させていただくけれど」

ドレスは公爵《こうしやく》家に全《すべ》て置いてきた。どうせ流行はあっという間に移り変わる。流行後《りゅうこうおく》れのドレスを着て恥《はじ》をかくくらいなら、こぎれいなワンピースのほうが幾分《いくぶん》かましだ。

「ああ、構わないさ」

「それと、アンジェリクとハルを同行させてもいいかしら？」

「勿論《もちろん》だ。君の好きにするといい」

「ありがとう」

「それじゃ明日、迎えに来る」

「分かったわ。おやすみなさい。ではまた明日……」

「ああ、おやすみ」

私はエルネストを見送ったあと、未《いま》だかつて足を踏《ふ》み入れたことのないダルトワ帝国《ていこく》を思った。これから起こるであろう展開をいろいろと予想しながら、すっかり暗くなってしまった森を包み込む夜の闇《やみ》のような不安に包まれていた。

帝国へ行く当日、私は白のブラウスシャツにライトグレーのウエストを絞《しぼ》った短めのジャケットと膝下《ひざした》のフレアスカート、そして脛丈《すねたけ》の編み上げブーツを身に着けた。そして頭にはえんじ色のフェルトハットを被《かぶ》り、胸元《むなもと》にも同色のリボンを結ぶ。

眼鏡《めがね》とそばかすメイクは流石にやめておく。見た目が地味すぎて悪目立ちしてもまずいだろう。

長期間森の家を離《はな》れるにあたって、時間停止効果のある亜《あ》空間収納に食材をしまい込むことにした。私だけがアクセスできる収納空間で、どこでも取り出しできる優《すぐ》れものだ。但《ただ》し生き物をしまうことはできない。

（こんなに早く使うことになるとは思わなかった）

今まで使わなかったのは必要性を感じなかったから。そしてハルとアンが中に入れたものを取り出せなくなってしまうからだ。けれどこれから魔道具《まどうぐ》の素材集めを始めたら使うことになるかもしれない。

アンと会話をしていたら、入口をノックする音がした。訪問者を確認《かくにん》したらエルネストだった。約束よりも早い時間に迎えに来てくれたようだ。

「もう少ししたら行こうかと思う。準備はできているか？」

「ええ、大丈夫よ。ところでどうやって帝国へ向かうの？」

「俺の飛竜《ひりゅう》を呼ぼうかと思う」

エルネストがこの森へ来た移動手段がずっと分からなかったけれど、飛竜で来たのか。なるほど、ようやく謎《なぞ》が一つ解決した。

「四人で乗れるの？」

「二人なら余裕《よゆう》なんだが……」

「そう……。じゃあ私のペガサスも出しましょうか」

私がそう言うと、突然《とつぜん》アンが横から口を開く。

「まあ待て。ちんたら移動するのは我慢《がまん》ならぬ。儂《わし》が全員乗せていくから任せよ」

「「えっ!?」」

乗せていくって、まさか……。

「昨夜こっそり試したんじゃが取りあえず元の姿に戻《もど》れるようになったようじゃ。力はまだ四割程度しか戻っておらんがな」

「おお、アンさま、よかったですねぇ」

ハルが祝福の声をあげた。私もつい嬉《うれ》しくてはしゃいでしまう。

「よかったわ！　おめでとう、アン！」

「うむ、お主のお陰《かげ》じゃ。礼を言うぞ、クロエ」

とはいえ、竜に戻ったら私の幻獣《げんじゅう》でないことがエルネストにばれてしまうのではないだろうか。

エルネストはというと、会話の内容が理解できなかったからか、何やら不思議そうに首を傾《かし》げている。私はちらりとエルネストを見て小さな声でアンに囁《ささや》く。

「竜の姿に戻ったら正体がばれるんじゃ？」

「ああ、どちらにせよ向こうにエヴラールの奴《やつ》がおるなら誤魔化せぬ」

「竜族の占術師の？」

「うむ。じゃから儂が今からエル蔵に竜であることを打ち明ける。ただし女王であることは伏《ふ》せておく」

そう言ってアンはエルネストのほうを向いて告げる。

「エル蔵、実は儂は竜国カーンの竜なのじゃ」

エルネストはアンの告白を聞いて驚《おどろ》いたようだ。どうやら全く予想していなかったようで目を見開いて啞然《あぜん》としている。

アンが竜王だということは言わないでおくつもりらしい。確かに国を容易に滅《ほろ》ぼすほどの脅《きょう》威《い》だと認識させるのはやめておいたほうがいいだろう。帝国にとって招かれざる客になりかねない。

「なんと、アンジェリク殿《どの》が竜とは……！　確かに幻獣にしては随分《ずいぶん》偉《えら》そ……威厳《いげん》があると思っていた。なるほど、そうだったのか」

「うむ。騙《だま》して悪かったな。クロエは儂のために思うて黙《だま》っておいてくれたのじゃ。責めんでやってくれ」

「勿論だ」

エルネストは腕《うで》を組んで大きく頷《うなず》いた。

「それで、帝国へは儂がお主らを乗せていこうと思うのじゃが。異存はあるか？」

「いや、助かる。アンジェリク殿、よろしく頼《たの》む」

「任せよ。じゃが儂は飛ばすからな。振《ふ》り落とされんように気を付けよ」

飛ばすってどのくらい飛ばすのだろう。ペガサスでもかなりの速さだけど……想像するだけでも恐《おそ》ろしい。

ハルが冷や汗《あせ》を流しながら弱気を見せる。

「うひゃぁ……アタシ自分で飛んでいこうかなぁ」

「が、頑張《がんば》るわ」

「おお、それは楽しみだな」

私はまあ、大丈夫《だいじょうぶ》……多分。けれどエルネストは意外にも喜んでいるようだ。よかった。

私たちは出かける準備を終えて外に出た。

「少し待っておれ。フンッ……」

家の外の開けた場所でアンが何やら集中している。小さな体が青い光に包まれて、光が強くなって見えなくなった。

そして光が大きくなったあとにゆっくりと消え、実体を現す。

光の中から現れたのは……。

「待たせたな」

「わぁ、すごい……綺麗《きれい》……」

高さ五メートルはあろうかという美しい瑠璃色《るりいろ》の鱗《うろこ》に覆《おお》われた竜《りゅう》の姿だった。声は少し低くなった程度であまり変わらない。大きな翼《つばさ》を背中に生やし、目はアンと同じ金色だ。

私は神々《こうごう》しいまでに美しい瑠璃色の竜を見上げながら、あまりの変化に思わず問いかけてしまう。

「アン……よね？」

「うむ、儂じゃ。このくらいの大きさがあれば四人は乗れるじゃろう。本来ならばもっと大きくなれるのじゃが、今は無理じゃな」

「凄《すご》いですねぇ、アンさまは」

「これは美しいな……」

「とても荘厳《そうごん》な感じ……」

「そうじゃろう、そうじゃろう」

皆《みな》が口々にアンを褒《ほ》めたたえると、アンはまんざらでもなさそうに頷いた。

まずはハルが姿勢を低くしたアンの背中に乗り、次にエルネストが乗った。そしてエルネストが私に手を差し伸《の》べてくれる。

「さあ、クロエ」

「ありがとう……」

私はエルネストの手を取りアンの背中に乗った。これでいつでも出発できる。

「よし、それじゃあ行くぞ」

いよいよ帝国へ出発だ。アンの背中に乗った皆を包むように、風の抵抗《ていこう》を避《さ》けるための結界を張る。

アンが大きな翼を上下に動かして垂直に離陸《りりく》した。今日はいい天気だ。黄泉《よみ》の森の上空には大きな青空が広がっている。

森の上まで高度を上げてから、アンが帝国の方角へと前進を始めた。空を飛び慣れているはずのハルが目をぱちくりさせる。

「うわっ、はっや！」

「これは、凄いな」

「凄いわね……」

結界を張っているから風圧は分からないけれど、下を見下ろすと森の風景が恐ろしい速さで通り過ぎていく。ペガサスを大きく上回る速度で飛んでいるのが分かる。

三十分ほど飛んだところで帝国の首都であるフォルバックが見えてきた。なんというスピードだろう。こんなに短時間で到着《とうちゃく》するなんて。

帝都《ていと》に竜で着陸するのは目立ちすぎる。帝都が遠くに見えた時点で、私はアンを含《ふく》めた全員に不可視魔法をかけた。

「これで大丈夫」

「ありがとうございまっす」

「ありがとう。大したものだな。これほど大きな竜にも不可視魔法をかけられるのか」

「ええ。……アン、帝都の手前のひと気のない所で下りて」

「承知した」

私たちは帝都フォルバックの手前で地上へと降りた。そしてアンは竜から幼女の姿へと戻った。きちんと私の手作りの服を身に着けている。不思議だ。

「アンの服、元通りに着てるのね。不思議だわ」

「これはお主の亜《あ》空間収納と同じ原理じゃ。儂らは人と竜とに頻繁《ひんぱん》に変化するからの」

「そうなんだ」

分かったような分からないような……。とりあえず早速《さっそく》帝都へと向かうことにした。そして降り立った場所からさして離《はな》れていない帝都の正門へと足を運んだ。

「ここが、ダルトワ帝国の帝都フォルバック……」

少し歩いたあと、外壁《がいへき》に囲まれた帝都の正門の前に到着した。外から見た感じはまるで巨大《きょだい》な要塞《ようさい》のようだ。

私はこれから初めて目にするだろう街並みを想像しながら頑健《がんけん》な造りの大きな門を見上げた。

第五章　ダルトワ帝国

「ここが、ダルトワ帝国の帝都フォルバック……」

帝都の玄関《げんかん》口となる大きく頑健な門の様子は、皇帝の住まう皇宮のある帝都ならではの物々しさがある。

皇宮へ向かう途中《とちゅう》、馬車の中から帝都の街並みを眺《なが》めた。華《はな》やかなブリュノワの王都とは対照的で、街並み全体が質実剛健《しつじつごうけん》といった感じだ。華やかさはないが区画がきちんと整備され、道幅《みちはば》も大きく交通の便もよさそうだ。実に機能的な配置がなされているように感じる。

しばらく走ったあと、ようやく城門の前に到着した。馬車を降りてエルネストに続く。

門扉《もんぴ》が開かれた城門から中へと入った。石畳《いしだたみ》の道の先には頑強《がんきょう》そうな大きな城がそびえ立っている。なんとも荘厳な佇《たたず》まいだ。

皇宮の入口でエルネストが衛兵に用件を伝えたあと、入口付近でしばらく待っていると、二人の護衛騎士《きし》を従えた青年がエントランスの階段を下りてくるのが見えた。一見軍服のようにも見える藍色《あいいろ》の礼服を身に着けた二十歳前後の美丈夫《びじょうふ》……彼が私を招待したマルスラン皇太子殿下《でんか》だろうか。

肩《かた》くらいの長さの赤い髪《かみ》を後ろに流し、切れ長の目にエメラルドグリーンの瞳《ひとみ》が理知的な印象だ。エルネストと同じく長身で均整の取れた体つきをした、端整《たんせい》な顔立ちの青年だ。

「初めまして。貴女《あなた》がルブラン公爵令嬢《こうしゃくれいじょう》だね。まずは我が国への招待に応じてくれてありがとう。私がダルトワ帝国の皇太子マルスランだ」

皇太子殿下に差し出された右手を取って握手《あくしゅ》を交《か》わす。

「初めまして、皇太子殿下。私はクロエと申します。お招きくださってありがとうございます。私は現在公爵家を追われた身ですので、どうかクロエとお呼びください」

私が名乗ると、殿下は私の手を両手で包んだ。私が驚《おどろ》いて身構えるとニコリと笑う。

「承知した、クロエ嬢。それにしても遠いところを大変だったね。まずは皇帝陛下に謁見《えっけん》してもらいたいのだが、大丈夫かな？」

「勿論《もちろん》ですわ、殿下」

「どうかマルスランと呼んでくれ」

「……マルスラン殿下」

何というか、予想していたよりも親しみやすい雰囲気《ふんいき》の皇太子殿下だ。ふとレオナール殿下を思い出してしまった。同じ次期指導者なのに国が変わるとこうも変わるものなのか。

「まあいいか。私についてきてくれ」

笑《え》みを絶やさないマルスラン殿下の後ろについて謁見の間へ案内される。私の後ろにはハルとアン、そして最後尾《さいこうび》にエルネストがついてきている。

謁見の間へ通され、多数配置されている衛兵の間を歩き、私たちは数段上の大きな玉座に黙《もく》座《ざ》する皇帝陛下の前に膝《ひざ》をついた。座したまま私たちを見下ろす皇帝陛下の堂々とした佇まいからは、超然《ちょうぜん》とした凄みがひしひしと伝わってくる。

「よくぞ参られた。魔《ま》導《どう》書グリモワールの使い手、クロエよ。私がダルトワの皇帝レオポルドだ。顔を上げられよ」

「かしこまりました、皇帝陛下」

クロエは片膝をついたまま顔を上げて皇帝陛下の顔を見る。

皇帝陛下はマルスラン殿下と同じ赤い髪と空のような青い瞳を持つ美丈夫だ。年齢《ねんれい》は五十歳ほどだろうか。

年を重ね何度の戦《いくさ》を経てきたのか、頬《ほお》にうっすらと傷が残っている。肩幅《かたはば》が広くがっちりとしていて、まるで現役《げんえき》の戦士のようにも見える。

(皇帝陛下も皇太子殿下もブリュノワの王族とは違《ちが》い過ぎる……)

皇帝陛下は恐縮《きょうしゅく》するクロエにニコリと笑いながら告げる。

「挨拶《あいさつ》はこのくらいにしてゆっくり休まれよ。マルスラン、客室へ案内して差し上げろ」

「承知しました。さあ、クロエ嬢、こちらへ」

私たちは皇帝陛下の前を辞して、マルスラン殿下のあとに続いた。謁見の間を出たところでマルスラン殿下がエルネストに話しかける。

「そういえばエル、お前はラビョン伯爵《はくしゃく》の屋敷《やしき》には立ち寄ったのか？」

「いえ、到着《とうちゃく》後真っ直《す》ぐに城へ参りました。私自身がクロエ殿《どの》たちをお連れするべきだと思いましたので」

「そうか。あとは私が彼女たちを案内するから、お前は実家に顔を出してやれよ」

「あー……夜にでも顔を出します」

エルネストが面倒臭《めんどうくさ》そうに返事をした。

間もなく私たちは客室へ案内された。できればハルとアンとは離れたくないのだけれど。そう伝えると、マルスラン殿下が微笑《ほほえ》みながら答えてくれる。

「ああ、大丈夫《だいじょうぶ》だよ。この部屋と扉《とびら》一枚を隔《へだ》てた部屋に侍女《じじょ》の部屋がある。そこにベッドが四つ備えてあるからアンジェリク殿とハル殿にはそちらで休んでもらうといい」

「お心遣《こころづか》いありがとうございます。大変助かります」

クロエがニコリと微笑んで礼を告げると、マルスラン殿下は嬉《うれ》しそうに破顔した。

「いや、こちらこそ来てくれて感謝している。夕食までゆっくり休んでくれ。疲《つか》れが取れたらディナーをご一緒《いっしょ》させていただけるかな？」

「ええ、喜んで」

「そうか、ありがとう。それとディナーのあとで君に聞いてほしい話があるんだ。二人きりではないから安心してくれ。エルネストも同席させるから」

「お話……ですか」

どんな話だろうか。十中八九グリモワールに関する話だろうけれど。エルネストも同席してくれるし、無茶《むちゃ》な話ならばはっきりと断ろう。

私はマルスラン殿下の話の内容を推測しながらキュッと唇《くちびる》を引き結んだ。

「時間までは自由に過ごして構わないけど、部屋を出るときは、護衛の者に行く先だけでも告げておいてくれるとありがたい。それでは私はエル……エルネストと話があるからこれで失礼するね」

「クロエ殿、アンジェリク殿、ハル殿。……どうか無理はなさらないように」

マルスラン殿下に続いてエルネストが気遣わしげな表情で告げた。

「ありがとうございます、マルスラン殿下、エルネストさま」

私はマルスラン殿下とエルネストに礼を述べ、立ち去る二人を見送った。どうやら客室の外には護衛の騎士が立ってくれるようだ。

マルスラン殿下たちが立ち去ったあと、私はハルとアンに夕食までの時間をどう過ごすか尋《たず》ねてみた。

「儂《わし》はちょいと奴《やつ》に会《お》うてこようかと思う」

「もしかして占術士《せんじゅつし》のエヴラールさん？」

「うむ。先ほどマルスラン殿《どの》には面会の許可を貰《もら》った」

「マルスラン殿下に竜《りゅう》だって明かしたの？」

「うむ、女王であることは伏《ふ》せておるが、竜であることを明かさねば極秘《ごくひ》の存在であるエヴラールとの面会は叶《かな》わぬであろう？」

「……確かに。でも、大丈夫なの？」

強大な力を持つ者は国に利用されるのではという懸念《けねん》を、どうしても抱《いだ》いてしまう。特権階級がアンに目を付けないかが心配だ。

「ふむ。クロエ、お主の考えておることは大体察しがつくが、儂に関しては要《い》らぬ心配じゃな。たとえ四割程度の力しかなくとも、いざとなればお主らを連れてこの国から強引《ごういん》に離脱《りだつ》することくらいわけもないぞ」

「凄《すご》い自信だ……。だけど完全体だったにもかかわらず、ガッチガチの呪《のろ》いの腕輪《うでわ》を装着されてしまった前科がある。たとえアンでも隙《すき》をつかれる可能性はあるから……、

「……お酒の誘惑《ゆうわく》だけは気を付けてね」

「ウ……それを言われると何も言い返せぬの」

アンが言葉を詰《つ》まらせてしゅんと肩を落とす。そして恥《は》ずかしそうに顔を赤らめ、自分の頭に手を置いた。そんなアンを見て、ハルが慰《なぐさ》めるように口を開く。

「まあまあ。荷物の整理が終わったらアタシがアンさまについていきますよ。クロエさまはど

うします？　お部屋で休まれますか？」

「いえ、私も少し調べ物をしたいから一緒に行くわ」

　私たちはマルスラン殿下に教えてもらったというエヴラールさんの居室へと向かうことにした。皇宮の複雑な大理石の回廊《かいろう》を抜《ぬ》けて、ようやく目的地の扉の前へと到着《とうちゃく》した。

　アンが扉をノックすると、すぐに「どうぞ」と内側から返事があった。

「入るぞ」

　返事を聞いて即座《そくざ》にアンが扉を開いた。すると中には優《やさ》しげな面差《おもざ》しの見た目年齢三十歳前後くらいの美丈夫が立っていた。この男性が件《くだん》の占術士ならば実年齢《じつねんれい》は恐《おそ》らく数百歳だろうけれど。背の中ほどまでに伸《の》びた真っ直ぐの白い髪が、窓の明かりを受けてキラキラと輝《かがや》いてとても綺麗《きれい》だ。常に微笑んでいるように目が細められており、その穏《おだ》やかな表情からは温厚《おんこう》な印象を受ける。

　この部屋は壁《かべ》全体が書棚《しょだな》で埋《う》まっている。まるで図書室のようだ。どんな本があるのかぜひ吟味《ぎんみ》してみたいところだ。私は本が好きなので、大量の本に囲まれたこの部屋の主《あるじ》が羨《うらや》ましい。

　私たちはエヴラールさんと思《おぼ》しき男性に迎《むか》えられ、促《うなが》されるままソファに座った。

「ようこそいらっしゃいました、アンジェリク陛下。そしてクロエさまとハルさま。私は占術士エヴラールと申します」

　エヴラールさんが穏やかに挨拶を済ませたあと、アンが訝《いぶか》しそうに尋ねる。

「儂が来たというのに驚《おどろ》かぬのだな」

「ええ、侍女から先触《さきぶ》れを貰っておりましたので」

エヴラールさんは、私たちのためにワゴンの上で紅茶の準備をしながら答えた。どうやら二人は面識があるようだ。

「なるほどな。儂が竜であることは皇太子殿に伝えてあるが、女王であることは伏せておる。お主はここでは儂のことを呼ぶときに敬称《けいしょう》を付けぬようにな」

「では、アンジェリクさまと呼ばせていただきます」

「うむ、そうしてくれ。ところでお主はなぜにダルトワ帝国《ていこく》で占術士などをしておるのじゃ？」

「実は私、カーンで宮廷《きゅうてい》魔道士をしていた際に、働くのが嫌《いや》になりまして」

エヴラールさんは私たちに紅茶を出しながら説明してくれた。とても幸せそうな微笑みを浮《う》かべている。働きたくなかったから――実にシンプルな答えだ。

アンは出されたカップを手に取り、紅茶をゆっくりと口にしてコクリと嚥下《えんか》したのち静かにカップを置く。王族として恥ずかしくない上品な所作だ。そして紅茶の余韻《よいん》に浸《ひた》ってひと息吐《つ》いたところでようやくエヴラールさんの言葉を理解したのか、目を見開いて聞き返す。

「…………はぁ？」

「私は元来体を動かすことを好みません。できることならこうして日陰《ひかげ》に引き籠《こも》って、本でも読みながらのんびり暮らしたかったのです。占術士ならそれが叶うかと一念発起《いちねんほっき》し、この国を訪《おとず》れて志願することにしました」

「竜であることを明かしてか？」

「はい」

おっとりと打ち明け話をするエヴラールさんを見ていると、今までに会ったことのない、ちょっと変わった人だと感じた。まるで一人だけ違《ちが》う時間の流れを生きているような……。

「……強大な力を持つ竜を内勤に配属するとは、この国の指導者もなかなか変わっておるのう」

「ええ、お陰様《かげさま》でこうして平和に過ごさせていただいております」

「そうか。お主がここにおる理由は理解した。じゃが別に帝国くんだりまで来なくとも我が国で己《おのれ》の望むまま暮らせばよかろうに」

アンが腕を組んで首を傾《かし》げながらそう問いかけたところ、エヴラールさんは肩《かた》を竦《すく》めながらゆっくりと首を左右に振《ふ》った。

「ふぅ……。それがそうもいかなかったのです。祖国カーンの同胞《どうほう》たちは脳筋……失礼、少々血の気が多く、私が職を辞すのを許してはくれませんでした。彼らの力ずくの説得工作に少々疲《つか》れてしまいまして……」

「そ、そうか。お主が今幸せならばそれでよいのじゃ。もしこの国で何か理不尽《りふじん》なことをさせられそうになったらすぐに儂に報《しら》せるのじゃぞ？」

「承知しました」

「ところでクロエ、お主からエヴラールに何か聞きたいことがあるのではないか？」

突然《とつぜん》声をかけられて、飲んでいた紅茶を慌《あわ》てて飲み下す。聞きたいことは勿論《もちろん》あるけれど、急に話を振られて少し驚いてしまった。

「そうですね。エヴラールさん、いくつか質問があるのですが」

「はい、なんでしょう？」

「貴方《あなた》はなぜ、他《ほか》のグリモワールの使い手でなく、あえて私の存在を皇太子殿下《でんか》に伝えたのですか？」

私は彼の話の中で不思議に思っていたことを尋ねてみた。

グリモワールの使い手は私だけではない。私が知る限り、白の書を持つ妹のミレーヌ、叔母《おば》、そして叔母の娘《むすめ》である従妹《いとこ》の存在もあるはずだ。

叔母と従妹とは、幼いころ以来会っていないので本の色までは把握《はあく》していないけれど、同じグリモワール持ちであること、そして黒持ちでないことは知っている。

それなのに、なぜエヴラールさんは私を選んでマルスラン殿下に伝えたのか。

「ふむ……。質問にお答えしましょう。まず一つ目の理由は、クロエさま、お一人だけがブリュノワにいなかったからです。それで貴女《あなた》がブリュノワの支配下にはないのだと判断しました」

「なるほど……」

確かにブリュノワの支配下にない私であれば自由に帝国の招待に応じることができるだろう。

それに角が立たずに済む。

「そして二つ目の理由は、クロエさまの力が他に比べて桁違《けたちが》いに強大だったからです。一つ目の理由は殿下に伝えていますが、二つ目の理由はあえて伝えてはおりません」

「……それはなぜですか？」

「なぜなら、もしクロエさまが働きたくなかったときに、帝国に利用されるのは嫌だろうと思ったからです」

「え……？」

働きたくないとは思わないけれど、利用されるのは確かに嫌だ。

「それなのに下手《へた》に情報を伝えてしまって、帝国にクロエさまのグリモワールの力が利用されることになったら申し訳ないでしょう？　それにいざそうなっても、使い手の力が強ければ拒《きょ》絶《ぜつ》できますから」

「そうだったのですか。いろいろお気《き》遣《づか》いくださったのですね」

「いえいえ、罪悪感に煩《わずら》わされたくなかっただけですから」

なんだか偽《ぎ》悪《あく》的なことを言っているけれどこの人はいい人だ。

「いやぁ、アタシは分かるなぁ。エヴラールさまの気持ち。アタシは働くのは嫌《きら》いじゃないけど束縛《そくばく》されるのは嫌ですもんねぇ」

「おお、ハルさま。分かっていただけますか」

「ええ、よぉっく分かりますとも」

なんだかハルとエヴラールさんがガシッと握手《あくしゅ》を交《か》わしている。何やら同調しているようだ。気が合うようで何よりだ。

「エヴラールさん、もう一つ聞いてもいいですか？」

「はい、何でしょう？」

「貴方はグリモワールの色も見えるのですか？」

「色も見えます。ですが、私はグリモワールの色の違いが何を意味するのかが分かりません。知りたいとも思いませんが」

「そうなんですか」

色も見えるのか。これはアンと同じように識別できると考えていいだろう。

けれど、色の持つ意味は知らないようだ。黒の書に関してはグリモワールの血族の中でも秘《ひ》匿《とく》していることだから、竜《りゅう》族のエヴラールさんが知らなくても当然だ。

「ええ。余所《よそ》さまの秘《ひ》めごとに首を突《つ》っ込んで、好ましい結果を招いたためしがありませんからね。私は知らないで済むことはなるべく知らないように努めています。これは長生きの秘訣《ひけつ》でもあるんですよ」

「……覚えておきます」

エヴラールさんがニコニコしながら答えた。なるほど、よく覚えておこう。「好奇心《こうきしん》は猫《ねこ》をも殺す」っていうものね。

流石《さすが》数百歳生きている竜は言うことが違う。達観しているというか諦念《ていねん》の境地というか、兎《と》に角いろいろと不思議な人だ。

そろそろ図書室へ行かないと時間がなくなってしまう。聞きたいことは全《すべ》て聞いたし、暇《いとま》を告げることにしよう。

「アン、そろそろいいかしら？」

「うむ、エヴラールにもう用はない」

「アンさま、言い方ぁ……」

「いいえ、いいんですよ。またお茶でも飲みに来てください。大体はこの部屋に引き籠っておりますので」

エヴラールさんは最後までずっと笑顔《えがお》で対応してくれた。竜族の占術士《せんじゅつし》というから、もっと見た目老齢《ろうれい》のしかつめらしい男性を想像していた。けれど実際は穏《おだ》やかな雰囲気《ふんいき》の飄々《ひょうひょう》とした美丈夫《びじょうふ》だった。

「礼を言うぞ、エヴラール。また来る」

「エヴラールさん、ありがとうございました」

「アタシはまたお茶飲みに来させてもらいますねぇ」

私たちはそれぞれが暇を告げ、エヴラールさんの居室を出た。

客室に戻《もど》ったあと、あれよあれよという間に群青色《ぐんじょういろ》の美しいドレスを着せられ、侍女《じじょ》に案内されて食堂へと向かった。どうやら皇帝《こうてい》陛下は同席されないらしい。

食堂に入った私を見て、マルスラン殿下とエルネストが、口を半分開けたまま驚《おどろ》いたように目を丸くしている。このドレスが私には似合わなかったのだろうか。いつもと違う格好はそれでなくても恥《は》ずかしいのだから、あまり見ないでほしいのだけれど。

「これはなんと美しい……。なあ、エル」

「……」

「エル？」

呆然《ぼうぜん》と私を見て黙《だま》り込んでいたエルネストに、マルスラン殿下が訝《いぶか》しげに呼びかけた。

「あっ、ええ……美しい、です」

我《われ》に返ったかのように口を開いたエルネストに、マルスラン殿下が苦笑《くしょう》しながら肩《かた》を竦《すく》めた。

私がテーブルについたあと、アンとハルも並んで座る。テーブルを囲んでいるのはマルスラン皇太子殿下、エルネスト、私、アン、ハルの五人だ。そして何人かの侍女と侍従《じじゅう》と護衛騎士《きし》が見守る中で、恙《つつが》なくディナーが進む。

「夜会でないのが残念だ。クロエ嬢《じょう》と、ぜひダンスを一緒《いっしょ》に楽しみたかった。美しい女《ひと》だとは思っていたが、これほどまでとは……」

「お褒《ほ》めに与《あず》かり光栄ですわ、マルスラン殿下。けれど、本来ならば私はこのような場所に同席させていただける身分ではございません。ダンスなどもってのほかですわ」

ディナーの間、他愛《たわい》ない会話が交わされるのみで、グリモワールに関する話は出てこない。マルスラン殿下は食事のあとに話し合う時間を取ると言っていたけれど、そのときに本題に入るのだろうか。


ディナーが終わり、応接室へと案内された。先ほどの五人でテーブルを囲み、いよいよ話が始まるようだ。

「クロエ嬢にこの国へ来てもらったのは、実は君の後見を申し出るためなんだ」

「後見……ですか」

「うん。君の身に起こったことはいろいろ調べさせてもらった。エルネストに聞いたわけじゃない。私の独自の情報網《じょうほうもう》からだ。君の自由を束縛するつもりもないし、何かを強制するつもりもない。ただ、君と友好関係を築きたい」

「友好関係……ダルトワ帝国と私で、ですか？」

「ちょっと違うね。私個人と君とで、だ」

マルスラン殿下《でんか》と友好関係？　公式な協力関係というのではなく、あくまで個人的にお友だちになろうということ？

「私の意思を尊重していただけるのでしたら、殿下と友人関係を結ぶのは吝《やぶさ》かではありません。けれど、今後も誰《だれ》かに寄りかかるようなことはしたくありません。友人というのは対等な関係だと思っておりますので」

そう伝えた私の言葉に、マルスラン殿下は優《やさ》しげに目を細めて答える。

「うん、そうだね」

「それでよろしければ友人としてのおつきあいをよろしくお願いいたします」

「うん、よろしく。クロエ嬢」

私が握手にと差し出した右手を取ってマルスラン殿下が指先に口づけた。避《よ》けられなかったわけではないけれど、貴族の挨拶《あいさつ》だと受け入れた。それなのに……。

一体何だろう。その瞬間《しゅんかん》、エルネストの眼差《まなざ》しが氷のように冷たくなった。私の右手を取る殿下の手元をじっと見ているようだ。このような冷たい表情は初めて出会ったとき以来かもしれない。心なしか冷気も漏《も》れているようだ。

「……エル、冷気が漏れてるよ」

「エルネスト……さま？」

マルスラン殿下と私が声をかけると、エルネストは、はっと我に返ったように顔を逸《そ》らす。

「す、すみません。少し酒に酔《よ》ったようです」

「……そうか。大丈夫《だいじょうぶ》か？」

マルスラン殿下が面白《おもしろ》いものでも見るように口角を上げながらエルネストの顔を覗《のぞ》き込んだ。

それに対しエルネストは無表情のまま淡々《たんたん》と答える。

「はい、大丈夫です。……申し訳ありませんが、私は今からラビヨン伯爵《はくしゃく》家に帰りたいと思います。お先に失礼します、殿下、クロエ殿《どの》」

「ああ、ご苦労だったね、エル」

「失礼します」

エルネストはそう言って私のほうを一度も見ずに応接室を出ていった。

なぜあんなにエルネストは不機嫌《ふきげん》だったのだろう。殿下と私が友人関係になったのが気に入らなかったのだろうか。

エルネストの態度が解《げ》せずに首を傾《かし》げたのを見て、マルスラン殿下がニコリと微笑《ほほえ》みかけてくる。

「きっとエルネストは疲《つか》れてるんだろう。クロエはもう知っているかもしれないけど、彼は元々この国の人間じゃないんだ」

「……そうなのですか？」

「うん。ブリュノワ王国からこの国に逃《に》げてきたエルネストを保護したのがラビヨン伯爵だ。

利発で礼儀《れいぎ》正《ただ》しい少年だった彼を、伯爵が気に入って引き取ったんだ」

「そう、だったのですか……」

意外にもエルネストは元々ブリュノワ王国の人間だったようだ。

十三歳のときに殺されかけてダルトワ帝国へ逃げてきて、ラビヨン伯爵がエルネストを救った。ということは、エルネストにとって、伯爵は親代わりなのだろうか。

「エルのことが気になる？」

そう尋《たず》ねるマルスラン殿下のエメラルドグリーンの瞳《ひとみ》に妖《あや》しい光が揺《ゆ》らめく。エルネストの顔立ちも美しいけれど、マルスラン殿下の顔立ちは燃えるような赤い髪《かみ》とは対照的に柔和《にゅうわ》な印象で、また違《ちが》った美しさがある。優し気に細められる眼差しが温厚《おんこう》そうに感じさせるのだろう。声も言葉《ことば》遣《づか》いも柔《やわ》らかい。エルネストが氷の剣士《けんし》ならマルスラン殿下は春風の貴公子といったイメージだ。

「いえ、私には関係のないことですので……。それにエルネストさまは私をマルスラン殿下にあまり近づけたくないのではないかと思います」

「なぜそう思うの？」

「それは……」

先ほどはエルネストが不機嫌そうに去っていった理由が分からなかった。けれど思い返せば、マルスラン殿下と私が友好の挨拶を交《か》わした辺りから機嫌が悪くなってしまったように思う。

もしかしたら私がマルスラン殿下との友好を深めるのを危惧《きぐ》しているのかもしれない。それか、元貴族令嬢ごときが皇太子殿下を捕《つか》まえて対等な友人と口にしたことを、図々《ずうずう》しいと思っているのかも……。ああ、段々へこんできた。

なんと答えようか。多分マルスラン殿下はエルネストと黒き魔女《まじょ》の因縁《いんねん》を知っているだろう。邪悪《じゃあく》な魔女を帝国に招き入れないよう、エルネストが進言したと言っていたし。

「私の顔がエルネストさまの憎《にく》む魔女にそっくりだからではないでしょうか。それに別人だと分かっても、私が悪人でないという保証はどこにもありませんから」

私のことを友人程度には見てくれるようになったと思っていたけれど、思い上がりだったのかもしれない。

「そんなことはないと思うけど……私はそんなにお人好《ひとよ》しではないからね」

「……？」

「ううん、こっちの話。正直に言おう。クロエがブリュノワを離《はな》れたことを知って君と友好関係を築こうと思ったのは、強力なグリモワール使いと敵対したくないというのと、繋《つな》がりを作っておきたいという下心からだ」

「はい」

いきなり本音を打ち明けるなんて、正直な人だ。

「だけど君に会ってみて驚《おどろ》いたよ。クロエは他《ほか》の貴族令嬢とは違う。確固たる信念を持っていて、周囲に流されたりしない人だと感じた。一切《いっさい》ぶれない君を見て私は心が大きく動かされたんだ」

「え……？」

マルスラン殿下が私の右手を両手で握《にぎ》り、エメラルドグリーンの瞳でじっと見つめてくる。

「いつか君の視界に入りたいと思う。長期戦の構えでいくから覚悟《かくご》しておいて」

「はぁ……え？」

視界に入るとはなんのことだろう。すでに視界には入っているけれど。友好を深めたいということだろうか。そんなふうに言ってもらえると自分が認められたようで嬉《うれ》しい。

わけがわからず頭の中に疑問符《ぎもんふ》をたくさん飛ばしているのに気付かれたのか、そんな私を見てマルスラン殿下は破顔した。

「フフッ。こういった方面に疎《うと》いところも堪《たま》らなく魅力《みりょく》的だな。君と会えて本当によかったよ。あ、そうそう、大事なことを忘れていた」

「大事なこと？」

マルスラン殿下が大きく頷《うなず》いて答える。

「実は君の祖国ブリュノワ王国からの使者が一昨日《おととい》我が国に来訪したんだ」

「使者、ですか？」

「ああ。登城と謁見《えっけん》は明日の予定だ。内容は大体予想がつくけどね」

「……といいますと?」

「まあ、明日になったら分かるよ。それよりも問題は使者殿のことだ」

ブリュノワ王国の使者に何か問題があるのだろうか。まさか……。

「うん、推察どおり多分君のよく知る人物だと思う。報告によると、王太子の側近でもあるリオネル・ブルジェ殿《どの》が来ているということだ。彼《か》の国の宰相《さいしょう》でもあるブルジェ侯爵《こうしゃく》のご子息だと記憶《きおく》しているが」

「ブルジェさまですか……」

ミレーヌの熱烈《ねつれつ》な信者であるリオネル。直接傷つけられたりはしていないけれど、ミレーヌの命を脅《おびや》かしたとか身に覚えのない罪を並べ立てられたっけ。

「陛下との謁見のあとで、ブルジェ殿との会見の時間を取っている。個人的にいろいろ事情を聞こうと思ってね」

「事情……ですか」

「うん。そしてそこに君にも同席してもらいたいんだ」

「えっ!?」

それは如何《いかが》なものだろう。もし直接対面するなら以前使っていた眼鏡《めがね》を掛《か》けるべき? このままだと、リオネルは私のことを見ても誰《だれ》だか分からないと思うけれど。あ、それならそのほうが都合がいいのか。

「同席の理由は何ですか？」

「君はあのときの背景にまつわる事情を知っているだろう？　ブルジュ殿の言葉に齟齬《てご》があるといけないからね。事実確認《かくにん》をしたいだけさ」

夜会で婚約破棄《こんやくはき》をされたときの事情をリオネルから直接聞くということだろうか。正直に言えばあまり蒸《む》し返してほしくはないのだけれど。

「その……マルスラン殿下《でんか》と私が友人であるということをブルジュさまに明かすのですか？」

「うん、そのつもりだよ」

「その、私がクロエ・ルブランであることも？」

「ああ、そうか。君はブリュノワ王国では変装していたんだったね」

「変装……」

変装っていうとなんだかアレだけれど、まあ確かに変装か。素顔《すがお》を隠《かく》していたのだから。

「勿論《もちろん》、君がクロエ嬢《じょう》だと明かした上で同席してもらおうと思っている。そうしないとブルジェ殿が真実を教えてくれないかもしれないだろう？」

マルスラン殿下がニコリと微笑みを浮《う》かべながら答えた。穏《おだ》やかにしゃべっているけれど、言っていることは結構黒い気がする。嘘《うそ》を吐《つ》けないように証人をまじえた事情聴取《ちょうしゅ》をするから協力をよろしく、ということだろう。

「構いませんが、彼がブリュノワ王国に帰ってから、ダルトワ帝国《ていこく》のことをどう伝えるかが心配です」

　無能だと思われているので、私自身を脅威《きょうい》とは判断されないだろう。けれど、たとえ無能であれ、グリモワールの使い手と繋がろうとした帝国の姿勢を、ブリュノワ王国がどう捉《とら》えるのかが心配だ。国交に亀裂《きれつ》が入ったりはしないだろうか。

「そこは上手《うま》いこと、こう、ね。……まあ、本当は美しいクロエ嬢を見たブルジェ殿の驚く顔が単純に見たいだけなんだよね。ハハッ」

　ハハッて……。随分《ずいぶん》と軽く感じるけれど、もしかして余興のつもりなのだろうか。

　それにしてもわざわざ使者をよこすほどのブリュノワ王国の用件って何だろう。しかもレオナール殿下の側近を使者にするなんて。

「マルスラン殿下は物好きですね。承知しました。同席させていただきます」

「そうか、ありがとう。明日の会合が楽しみだなぁ」

　マルスラン殿下が嬉しそうに私の手を握っていた両手に力を込めた。忘れていたけれど、そういえばずっと右手を握られたままだった。

「ああ、それとエルネストとはちゃんと仲直りしておいてね」

「仲直りって……」

　別に仲違《なかたが》いしたつもりなどないのだけれど。エルネストの気持ちがどうあれ、私はエルネストのことが嫌《きら》いではないのだから。

初めてクロエに会ったときにその顔立ちを見て驚いた。片ときも忘れたことなどない。俺を殺そうとした女――黒き魔女にそっくりだったからだ。

顔を見る前から、あの魔女が扉《とびら》の先にいるかもしれないと思うと、積年の恨《うら》みが胸の奥から溢《あふ》れ出してくるのを抑《おさ》えられなかった。俺を殺そうとしただけではない。あの女は俺の母をも手に掛《か》けたのだ。

けれど憎い女にそっくりなはずのクロエの顔を見て、胸に湧《わ》いたのは予想外の感情だった。初めて見た顔ではないはずなのに、クロエは清廉《せいれん》で美しかった。目の前にあったのは邪悪さの欠片《かけら》もない、ただ驚いたように何の悪意もなく俺を見つめてくる清らかな瞳《ひとみ》だった。

俺の記憶の中にあった魔女の残像は艶《あで》やかで美しくともその笑顔《えがお》は邪悪に醜《みにく》く歪《ゆが》んでいたのだ。

本当にあの女なのだろうか。昔と変わらない若いままの姿なのは魔女の特徴《とくちょう》なのだろうか。腰《こし》ほどまでに真っ直《す》ぐに伸《の》ばされた銀髪《ぎんぱつ》は触《ふ》れると溶《と》けてしまうのではないかと思うほどに柔《やわ》らかそうで、長い銀の睫毛《まつげ》が影《かげ》を落とす緋色《ひいろ》の瞳は吸い込まれそうなほどに透《す》き通っている。猫《ねこ》のように少しだけ吊《つ》り上がった大きな目が、困惑《こんわく》の色を湛《たた》えながら俺を見つめている。一点の曇《くも》りもない雪のような白い肌《はだ》に、少し力を入れて抱《だ》き締《し》めただけで壊《こわ》れてしまいそうな華奢《きゃしゃ》な体つきだ。けれど全体的に女性らしい柔らかな曲線を描《えが》いていて、少女なのに仄《ほの》かな色気を感じさせる。

（本当にこの少女が俺を殺そうとした魔女《まじょ》なのか……？）

言葉を交《か》わすたびに、胸の中に湧いた疑問が大きくなっていく。クロエは自分が邪悪《じゃあく》な魔女ではないと主張した。俄《にわ》かには信じられなかったが、クロエの言うことが真実だと確信できるまでにそれほど時間はかからなかった。

クロエから滲《にじ》み出る優《やさ》しげな雰囲気《ふんいき》が俺の心を捉えてやまない。恨んでいる魔女と同じ顔だから気になるのか、クロエという少女自身が気になるのか、自分でもよく分からなくなってきていた。

（なぜこんなにクロエの顔が浮かぶんだ……。おかしいだろ）

儚《はかな》げな笑みを浮かべるクロエの表情が心の中にぐいぐいと入り込んでくる。そう感じたときにはクロエに対する疑心は完全に消え去っていた。

本当は最初から俺を殺そうとした魔女ではないと心のどこかで確信していたのではないだろうか。とはいえ俺を殺そうとした女と同じ顔を持つクロエに心を奪《うば》われるはずはない。

クロエは強力なグリモワールの使い手なのだろうが、時折見せる寂《さみ》しげな表情を見ると、支えてあげなければと思う。つらい過去を思い出しているであろうときの潤《うる》んだ瞳を見ると、守ってやりたいと思う。

　勘違《かんちが》いとはいえ、最初にクロエに憎悪《ぞうお》の感情を向けてしまった罪悪感もあったと思う。だがたった一人で国を離《はな》れ、虐《しいた》げられながらも前を向いて凛《りん》と立つクロエを見て、心が大きく動かされた。

　これからは俺がこの娘《こ》を悪意から守ってやりたいと、心からそう思ったのだ。これから先、ずっとクロエの守護者でありたいと考えた。


　それがどうだ。

　友好関係を結ぶにあたって、マルスラン皇太子殿下――マルスがクロエの手に口づけたのを見た瞬間《しゅんかん》、俺の心にどす黒い炎《ほのお》が燃え上がった。今までに経験したことのない焼けつくような胸の痛みだ。

（何だ、この気持ちは。俺はマルスに嫉妬《しっと》しているのか？　守護者として？　マルスがクロエの守護者になり代わろうとしているから？）

　分からない。なぜこんな気持ちになっているのか。俺はどうしてもマルスに触れられるクロエを見たくなくて、逃《に》げるようにその場を立ち去った。

（それにしてもあのドレスを着たクロエは目が覚めるほどに美しかったな……）

　自分自身の気持ちに釈然《しゃくぜん》としないまま、その夜俺はラビヨン伯爵邸《はくしゃくてい》へと帰宅した。

ラビヨン伯爵は俺の恩人だ。十三のときにブリュノワ王国で殺されかけたあと、ほうほうの体《てい》でダルトワ帝国へ逃げてきた。

伯爵は死にかけていた俺を拾って手厚く保護し、あまつさえどこの馬の骨とも知れない俺に貴族の教育まで受けさせてくれた。すでにブリュノワで高等課程までの教育を終えてはいたが、伯爵の厚意《こうい》に甘えさせてもらった。

「ただいま戻《もど》りました」

「お帰り。殿下の命令とはいえ、ご苦労だったね。今夜はゆっくり休みなさい」

伯爵に辞去の言葉を告げたのち、俺は自室へと戻りながら再びクロエのことを考えてしまった。守護者でありたいなら別にマルスが守護者だと名乗り出ても構わないはずだ。二人で守ればいいのだから。むしろクロエにとっては守護者が増えていいはずだ。仮にマルスが恋人《こいびと》として名乗りを上げたところで祝福すべきことじゃないのか。

(俺はクロエが欲しいのか……?)

いや、そんなことがあるわけがない。俺は善良なクロエを守りたいだけだ。独占欲《どくせんよく》や執着《しゅうちゃく》など、クロエのためにならない利己的な感情だ。こんな感情は封《ふう》じ込めなければならない。

(俺は耐《た》えられるだろうか。封じ込められるだろうか。もしかしてマルスはクロエを……)

いつかクロエが誰《だれ》かと寄り添《そ》うのを、指を咥《くわ》えて見ているしかないのだ。そして祝福するしかないのだ。これから先、クロエとマルスが仲良くなっていくさまを間近で見続けなくてはならなくなるのかもしれない。

「はぁ、耐えられるかなぁ……」

願わくは、どんな形であれクロエには幸せになってもらいたい。クロエがもし俺を選んでくれたら、俺は……。

「フッ。馬鹿《ばか》か、俺は」

あり得ない妄想《もうそう》に自嘲《じちょう》して、俺は自室の扉を開いた。

第六章　ブリュノワの使者

ブリュノワ王国の使者として王太子の側近リオネル・ブルジェがダルトワ帝国の皇宮を訪《おとず》れた。謁見《えっけん》の際に同席することはなかったけれど、これからマルスラン殿下《でんか》とエルネストと一緒《いっしょ》に応接室でリオネルと会合をすることになっている。ハルとアンはお留守番だ。

会合で着用するようにとマルスラン殿下がドレスを準備してくれた。紺色《こんいろ》のドレスの上に、丈《たけ》の長い茜色《あかねいろ》の生地《きじ》が前開きのロングコートのように重ねられている。シックな二色使いで、茜色の生地の縁《ふち》には紺色の刺繍《ししゅう》が施《ほどこ》されており、襟《えり》は大きくスクエアに開いている。

会見の前に部屋に迎《むか》えに来てくれたエルネストは、目が合った途端《とたん》、突然《とつぜん》私に向かってガバッと頭を下げた。

「クロエ、昨夜は急にあんな態度を取ってすまなかった」

そう言って俯《うつむ》くエルネストを見て、思わず驚《おどろ》いてしまう。私に怒《おこ》っていたのではないのだろうか。

「ううん、いいの。ただ……」

「ただ？」

「私が何か気に障《さわ》ることをしたんじゃないかと……。それでエルネストを怒らせてしまったんじゃないかと思って」

「違う！」

私の言葉を遮《さえぎ》るように、突然エルネストが身を乗り出して強く否定した。とても真剣《しんけん》な表情だ。

「違うんだ。クロエに怒ったわけじゃないんだ。その、マルス……殿下が君の……」

「私の……？」

エルネストが急に言葉を詰《つ》まらせて口を噤《つぐ》んでしまった。一体どうしたのだろう。

「いや、なんでもない。君に悪いところなんて一つもないから気にしないでくれ。ただ、あまり殿下に近付かないほうがいい」

「それは……」

私に悪いところがないと言ってくれたけれど、近付くなというのはやっぱり……、

「私と殿下が友好関係を深めるのは好ましくないということ？」

「そうじゃなくて、ほら、年頃《としごろ》の男女だし、あまり近くに寄るのは……」

ん……？　なんとなく会話が噛《か》み合ってない気がする。

「ごめんなさい、エルネスト。意味がよく分からない」

「……いや、その、近寄るっていうのは」

「物理的に近付くなってことだろう？　エル」

しどろもどろに紡《つむ》がれたエルネストの言葉は、突然現れたマルスラン殿下によって遮られた。いつの間にか準備が済んだようだ。マルスラン殿下の言葉に対して、エルネストは、ばつが悪そうに顔を逸《そ》らす。

「口を出すつもりはなかったけど、どうも君たちは言葉が足りなくて、気持ちのすれ違いが大きい気がする。最初の出会いが悪かったから、仕方ないのかもしれないけどね」

「すれ、違い？」

「うん。このままだと今後の活動にいろいろと支障をきたすから、はっきり言っとく。エルは私と君が仲よさそうにしてたから嫉妬したんだよ」

「嫉妬、ですか？　そんなまさか」

私がそう言うと、マルスラン殿下は肩《かた》を竦《すく》めて苦笑《くしょう》した。エルネストは心なしか顔が赤くなっているような気がする。

「それは、エルネストさまの親しいご友人であるマルスラン殿下に、私が近付いたからでしょうか」

「ハハッ。クロエは面白《おもしろ》いね。まあいいか。エルは自分だけ仲間外れにされたような気がしたんだよ、きっと。ねえ、エル？」

「……ええ、まあ」

ニッコリと話すマルスラン殿下に、エルネストが顔を逸らしたまま面白くなさそうに返事をした。

「まあ、そうだったのですか」

　エルネストは仲間外れにされたような気がして拗《す》ねていたのか。よかった、嫌《きら》われているわけではなかった……。

「大丈夫《だいじょうぶ》ですよ、エルネストさま。私はエルネストさまも大切な友人だと思っていますから」

「クロエ……」

「ブハッ」

　何だろう。エルネストがあまり嬉《うれ》しそうには見えない。そして、マルスラン殿下はどうして吹《ふ》き出しているのだろうか。首を傾《かし》げる私にエルネストが苦々しい表情で告げる。

「クロエ、いつものように話してくれ」

「え、でもマルスラン殿下の前ですし」

　私の言葉に対して、マルスラン殿下が言葉を挟《はさ》む。

「ああ、私なら構わないよ。あまり取り繕《つくろ》われると、今度は私が仲間外れにされたって拗ねるよ？」

「っ……！」

　エルネストが忌々《いまいま》しげにマルスラン殿下を睨《にら》んだ。私は慌《あわ》ててエルネストに声をかける。

「で、では、エルネスト、これからもよろしくね」

「ああ、よろしく、クロエ」

マルスラン殿下に仏頂面《ぶっちょうづら》を向けていたエルネストが、私の言葉でようやく笑ってくれた。照れたような、少し嬉しそうな笑顔《えがお》だ。またエルネストの新しい表情を見られた気がする。

「ああ、そろそろ会合へ向かわないと、ブルジェ殿《どの》が待ちくたびれてるかもしれないね」

「そうですね、そろそろ参りましょう。行こうか、クロエ」

「はい」

私たちはようやくリオネルの待つ応接室へと向かうことにした。


マルスラン殿下とエルネストとともに応接室へと到着《とうちゃく》すると、何やら難しげな表情を浮《う》かべている端整《たんせい》な顔立ちの若者が座っていた。ブリュノワ王国の宰相《さいしょう》子息でもあるリオネル・ブルジェだ。

リオネルは私たちが扉《とびら》から入ってくるのを見て、立ち上がって頭《こうべ》を垂れる。マルスラン殿下に座るよう促《うなが》されて再び椅子《いす》に座り、私たちが席につくのを待った。

そのとき、マルスラン殿下の陰《かげ》から現れた私を見て、一瞬《いっしゅん》だけリオネルが驚いたように目を瞠《みは》った。そのあとすぐに視線をマルスラン殿下に戻《もど》したけれど、何度か私のことをちらちらと見ていた。

　席についたマルスラン殿下が、にこやかに微笑《ほほえ》みつつ口を開いた。

「謁見の間で大まかには聞いたが、こちらで詳細《しょうさい》を聞きたいと思う。私に伝えたい用件とは、レオナール王太子殿下とミレーヌ・ルブラン公爵令嬢《こうしゃくれいじょう》との婚約披露《こんやくひろう》パーティーへの招待ということでよろしいのかな？」

　マルスラン殿下の話す内容に驚いてしまった。婚約披露パーティー——いよいよあの二人が正式に婚約をするのか。レオナール殿下に対しては特に思い入れはないけれど、一度は歩み寄ろうと努めた相手だ。その殿下が私の妹と婚約すると思うと何とも複雑な気持ちになる。

「左様でございます。……あの、殿下。お話の前に一つお願いしたいことがございます」

「うん、なんだい？」

「殿下のお隣《となり》にいらっしゃるご令嬢をご紹介《しょうかい》いただけないでしょうか」

　やはりリオネルは私の存在が気になっていたようだ。マルスラン殿下は薄《うす》く笑っているけれど、心の中では楽しんでいるのだろう。リオネルを驚かせたいと言っていたのを思い出す。

「ああ、まさか忘れてしまったのかな？」

「え……？」

　リオネルが驚いたように大きく目を見開いた。それはそうだろう。リオネルは眼鏡《めがね》をかけた地味な外見の私しか見たことがないのだから。

「彼女は君のよぉーく知る人物だよ。分からない？」

「恐《おそ》れ入ります。しかしながら、一度でもこのように美しいご令嬢にお会いしていたら忘れるはずはございません。初対面かと存じます」

「フフッ」

「っ……！」

マルスラン殿下《でんか》は戸惑《とまど》うリオネルを前に、楽しくて仕方ないといったふうに笑みを零《こぼ》した。

「ああ、ごめんごめん。彼女は君や君のお友だちがとても仲よくしているミレーヌ・ルブラン公爵令嬢の姉君、クロエ嬢だよ」

「え……」

リオネルは驚《おどろ》きのあまり椅子から立ち上がって後ずさった。銀縁《ぎんぶち》眼鏡の奥で、リオネルの目は私に向かって零れんばかりに大きく見開かれている。

私は椅子から立ち上がって、混乱するリオネルに丁寧《ていねい》なカーテシーをして挨拶《あいさつ》をする。

「ブルジェさま、お久しぶりでございます。クロエです。その節はお世話になりました」

「ク、ロエ嬢……？　そんな馬鹿《ばか》な……あり得ない」

愕然《がくぜん》とした様子のリオネルに対し、マルスラン殿下は椅子に座るよう促して再び口を開く。

「ブルジェ殿、まあ、落ち着いて。確かにクロエ嬢はどこから見ても、地味でも凡庸《ぼんよう》でもないものねぇ」

「……」

言葉を失いながら席につくリオネルを見て、私も再び椅子に座った。リオネルの顔は心なしか蒼褪《あおざ》めて見える。

「まあいいや。それでは本題に入ろうか。まず招待状の日付は一か月後となっているがそれは間違《まちが》いないかな？」

「……はい、間違いありません」

「それじゃ謹《つつし》んで参加させていただくと王太子殿下に伝えてほしい」

「はい、承知しました」

「それと、王太子殿下をはじめ君たちには感謝したいことがあるんだ」

「感謝、ですか？」

「ああ」

にこやかに告げるマルスラン殿下に、リオネルが訝《いぶか》しそうに聞き返した。

「君たちがクロエ嬢を手放してくれたお陰で、こうして彼女を我が国へ招いて親睦《しんぼく》を深めることができたからね。ところで、ブルジェ殿」

「……はい」

「ブリュノワ王国で開かれた先日の夜会で、君たちが殿下の婚約者だったクロエ嬢に対して随《ずい》分《ぶん》な扱《あつか》いをしたと聞いているが」

「そのようなことはっ……」

リオネルの顔がますます蒼褪めていく。リオネルには直接傷つけられたわけではないけれど、身に覚えのない罪を並べ立てられて反論の機会すら与《あた》えられなかったのを思い出す。

「ふぅん。魔道士《まどうし》による魔法攻撃《こうげき》、騎士《きし》による力ずくの拘束《こうそく》で随分傷つけられたと聞いているけどね。念のため言っておくが、この件はクロエ嬢から聞いたわけじゃないよ」

「それはっ。……そちらのクロエ嬢がミレーヌ嬢を虐待《ぎゃくたい》していたという事実を確認《かくにん》したからです。我が国ではグリモワールの正統な継承者《けいしょうしゃ》は王家の庇護《ひご》下にあり、傷つけるなどあってはならないことですので」

「虐待、ねぇ……。それは何か証拠《しょうこ》があるの？」

マルスラン殿下が笑みを浮かべたままリオネルに尋《たず》ねた。それに対してリオネルがフフンと鼻で笑ったあとに得意げに答える。

「ミレーヌ嬢とルブラン公爵、そして公爵家の使用人たちの証言があります」

「でも虐待なんてやってないんだよね？　クロエ嬢」

「はい、身に覚えがございません」

マルスラン殿下の問いにきっぱりと否定の言葉を告げると、リオネルはキッとこちらを睨むように視線を向けた。

「嘘《うそ》を吐《つ》かないでくださいっ。現にミレーヌ嬢は貴女《あなた》に虐《いじ》められたと、涙《なみだ》を流して悲しんでいたのですよ！」

「ハハハッ」

「っ……！」

突然《とつぜん》笑い出したマルスラン殿下にリオネルがビクリと肩《かた》を震《ふる》わせた。その様子を気にも留めずにマルスラン殿下が穏《おだ》やかな笑みを浮かべながら話を続ける。

「ブリュノワ王国では被害者《ひがいしゃ》の証言だけで断罪し得る証拠になるのか。それだったら示し合わせれば、いくらでも罪人を捏造《ねつぞう》できちゃうね。凄《すご》いね、ブリュノワ」

「我が国を侮辱《ぶじょく》するのですか⁉」

王国の名を口にしたマルスラン殿下の発言には流石《さすが》にカチンと来たようで、リオネルが眉《まゆ》を吊《つ》り上げて抗議《こうぎ》の声をあげた。

それに対しマルスラン殿下は全く動じることなく、楽しそうな笑みを消すことはない。

「ああ、ごめん。ちょっと口が過ぎたね。でも考えてもごらんよ。元々クロエ嬢は、レオナール殿下の婚約者でグリモワールの正統な継承者という立場でもあった。全《すべ》てを持っているクロエ嬢がミレーヌ嬢を虐待する理由って何？」

「それは、美しいミレーヌ嬢を妬《ねた》んでとか……」

「フフッ。ミレーヌ嬢に会ったことはないけど、今君の目の前にいるクロエ嬢よりも彼《か》の令嬢の方が美しいと言えるの？」

「それはっ……」

リオネルが真顔でじっと私を見つめる。ミレーヌの熱烈《ねつれつ》な信者ならマルスラン殿下の質問を即座《そくざ》に否定して然《しか》るべきだろうに。

「……外見はともかく、ミレーヌ嬢のグリモワールの力が優《すぐ》れているからとか」

グリモワールについてはあまり言及《げんきゅう》したくはないのだけれど。能力については幼いころからずっと他人に見せないようにしていたし。

「ブルジェ殿《どの》。能力が低いなら余計に、王太子の婚約者と正統な継承者の座を捨てる危険を冒《おか》すとは思えないけど？」

「……」

「君はこの機会に、一度曇《くも》りなき眼《まなこ》でクロエ嬢の人となりを見極《みきわ》めるべきだ」

「クロエ嬢の、ですか？」

「ああ。大人の男なんだから、何が正しくて何が正しくないか、自分の目と耳と頭で判断するんだ。第三者の言葉ほど当てにならないものはない。君も将来為政《いせい》者の補佐《ほさ》という立場に従事するなら、他人の言葉を鵜呑《うの》みにせず、それが自分を正当化する歪《ゆが》んだ内容ではないかを常に疑ってかかったほうがいい。こうして君に告げている私自身の言葉も含《ふく》めてね」

「私は……」

リオネルが言葉を詰《つ》まらせて俯《うつむ》いたところで、ずっとマルスラン殿下の後ろで物騒《ぶっそう》な表情を浮《う》かべていたエルネストが口を開く。

「殿下、発言をお許しください」

「ああ、いいよ」

「ブルジェ殿。私はダルトワ帝国騎士《ていこくきし》団の副団長を務めております、エルネスト・イベールと申します。一つお伺《うかが》いしたいのですが」

「なんでしょうか」

「ブリュノワ王国の王侯《おうこう》貴族には罪人でもないか弱い娘《むすめ》を寄ってたかって力の強い男が傷つける趣向《しゅこう》でもあるのでしょうか？」

「な……、いえ、ございません。しかしクロエ嬢は罪を……」

「罪は不確定です。だがそれはそれとして、罪の有無《うむ》にかかわらず然るべき公式の刑《けい》でもないのに衆人環視《しゅうじんかんし》の中で被疑者《ひぎしゃ》を傷つけるのは単なる私刑《リンチ》ではないのですか？」

「それは……」

　リオネルが再び俯いて唇《くちびる》をギュッと嚙《か》み締《し》めた。反論できないということは私刑だったという認識があるのだろうか。

　そしてエルネストはというと、一見淡々《たんたん》と話しているように見えるけれど、マルスラン殿下の陰《かげ》で固く握《にぎ》り締めた拳《こぶし》が震えている。私が傷つけられたことに憤《いきどお》ってくれているのだろうか。もしそうであれば嬉《うれ》しい。

「なあ、エルネスト。今この場でブルジェ殿だけを問い詰めても仕方がない」

「確かにそうですね」

「お前の気持ちは痛いほど分かるよ。ここはとりあえず我慢《がまん》してくれないか」

「……承知しました」

黙《だま》ってじっと聞いていたマルスラン殿下の説得に、エルネストが表情を消して引き下がった。

「そしてブルジェ殿」

「はい」

「貴国へ戻《もど》っても、クロエ嬢《じょう》がこの国にいることを黙っていてくれないだろうか」

「……理由をお伺いしてもよろしいでしょうか」

「理由かぁ。……驚《おどろ》かせたいから、かな」

ああ、マルスラン殿下《でんか》が何かよからぬことを企《たくら》んでいる気がする。

「そ、そうですか。もし報告したらどうなさるおつもりですか？」

「別にどうもしないよ。君の立場も理解できるし。だけど今日私が言ったことに、少しでも思うところがあるならば黙っていてくれると嬉しいな」

「承知しました。少し……考えさせてください」

「頼《たの》むね」

「はい……」

マルスラン殿下が大きく頷《うなず》いて言葉を続ける。

「それでは婚約披露《こんやくひろう》パーティーを楽しみにしているよ。ブルジェ殿も旅の疲《つか》れが癒《い》えるまで、しばらくこの城に逗留《とうりゅう》されるといい」

「過分なご配慮《はいりょ》、ありがとうございます」

こうして会合が終了《しゅうりょう》してリオネルが応接室を出ていった。

私たち三人だけが応接室のテーブルを囲んでいる中で、突然マルスラン殿下が私に告げる。

「一か月後の婚約披露パーティーには、クロエ、君に同伴《どうはん》してもらおうかと思っているんだけど、どうかな？」

「……え？」

マルスラン殿下の言葉の内容があまりに信じられないもので、一瞬《いっしゅん》耳を疑ってしまった。

「私が殿下についてブリュノワ王国へ行くということですか？」

「うん」

マルスラン殿下がニコニコと笑いながら頷いた。

あの婚約破棄《はき》の日の屈辱《くつじょく》的な体験を思い出し、思わず眉根《まゆね》を寄せてしまう。ある程度自分が仕向けた部分もあるけれど、魔法攻撃に加えて力ずくの拘束《こうそく》まで受けるとは思っていなかったし、あれは結構痛かったし……。

何よりもレオナール殿下やミレーヌ、そして側近たちの顔を見るのは気が進まない。一体なぜマルスラン殿下は私を同伴したいのだろうか。

「理由をお伺いしてもよろしいですか？」

「うーん、そうだな。面白《おもしろ》そうだから？」

あー、なんだか既《き》視《し》感《かん》。段々このマルスラン殿下という人が分かってきた気がする。この人は私が思っているよりもかなりお腹《なか》が黒いのではないだろうか。

「同伴とはどういった立場としてでしょうか？」

「勿論《もちろん》、親しい友人としてだ。なんなら婚約者としてでも構わないけど？」

「マルス、何をっ……！」

「マルスラン殿下。ご冗談《じょうだん》が過ぎます」

エルネストと私が同時に突《つ》っ込んでしまった。婚約者などとんでもない話だ。冗談にしても質《たち》が悪い。

「あながち全てが冗談というわけでもないんだけどなぁ。……まあいいか。それでどうだろう。承諾《しょうだく》してくれるととても嬉しいんだけどな」

「わ、分かりました。ご一緒《いっしょ》させていただきます。そのときは眼鏡《めがね》を……」

「ありがとう、クロエ！　嬉しいよ！　ぜひとも一番美しい君を見せよう。いやあ、今の君を見たらあのアホ……失礼、頭の残念な王侯貴族たちは腰《こし》を抜《ぬ》かすだろうね。楽しみだなぁ。ワクワクするよ」

「は、はぁ……」

マルスラン殿下はそれは嬉しそうに笑っている。何がそんなに楽しいというのか。

それにしても自作眼鏡の出番はどうやらなさそうだ。着《き》飾《かざ》ったら王太子殿下もミレーヌも私のことが分からないのではないだろうか。

「出発は一か月後だ。それまでは皇宮に滞在《たいざい》してくれると嬉しいんだけど」

「そうですね……」

しばらくアンの解呪《かいじゅ》を進めてから魔《ま》道具《どうぐ》の素材集めをしようと思っていたから、すぐに活動を始めるつもりはなかった。それにできることならフォルバック都内にある図書館も見ておきたい。

アンの解呪は静かな場所ならどこでもできるから、皇宮で腕輪《うでわ》の解呪を進めつつしばらく図書館通いをするのもいいかもしれない。

占術士《せんじゅつし》のエヴラールさんは魔道具の素材に関する情報は持っていないだろうか。一度話を聞いてみようか。——よし、決めた。

「承知しました。お言葉に甘えて、しばらく皇宮に滞在させていただきます。ただ、行動の自由は認めていただきたいのですがその点は大丈夫《だいじょうぶ》でしょうか？」

「ああ、構わないよ。ただ皇宮の外に出るときはエルと一緒に行動してほしいかな。護衛としてね。トラブルが起きても、なるべくグリモワールの力は使わないほうがいいだろうからね」

確かに帝都の街中でグリモワールの行使はしたくない。通常の魔法でないのは見る人が見れば分かるし、誰《だれ》が見ているかも分からない。

「お気《き》遣《づか》いありがとうございます。ちなみに殿下、使者のブルジェさまも皇宮に滞在なさるのでしょうか？」

「ああ。彼にも街の宿から皇宮のほうへ移ってもらうつもりだ。何か不都合があるかい？」

「いえ……」

皇宮に滞在するのであればそのうち顔を合わせることもあるかもしれない。とりあえず部屋へ戻ろう。今日はなんだか疲れてしまった。

私がミレーヌ嬢に出会ったのは今から三年前の十四歳のときだった。表情がくるくると変わるさまがまるで小動物のようで、他《ほか》の貴族令嬢のように取り繕《つくろ》わない態度がかえって好ましく思えた。

「貴方《あなた》がリオネルね。私はミレーヌというの。よろしくね」

「よろしくお願いします。ミレーヌ嬢」

「ウフフッ。呼び捨てでもいいのに。ねえ、リオって呼んでもいい？」

「ええ、構いませんよ」

知り合ってしばらく経《た》ったある日、普段朗《ふだんほが》らかなミレーヌ嬢が学園の中庭でしくしくと泣いているところを見かけた。その姿を見てすぐに慰《なぐさ》めなければと考えて声をかけた。

「実は屋敷《やしき》ではいつも姉に虐《いじ》められているの……。今日は言うことを聞かないと食事を食べさせないと脅《おど》されて……。ほら、ここの所をぎゅっと抓《つね》られてとても痛かったの……」

ミレーヌ嬢が指を差したのは自身の左腕の上腕《じょうわん》部だった。なるほど一部分がかなり赤くなっている。姉妹喧嘩《きょうだいげんか》で体罰《たいばつ》とは度が過ぎる。

「……なんて酷いことを。赤くなっているじゃありませんか。一体何を強要されたのですか？」

「貴方たちと仲よくしちゃいけないって……。私、そんなの嫌《いや》っ。皆《みんな》大切なお友だちだもの！」

ミレーヌ嬢はそう言ってまたしくしく泣き始めた。ミレーヌ嬢が言う「貴方たち」というのは、レオナール王太子殿下を始め、私やアランやトリスタンといった王太子殿下の側近である我々《われわれ》のことだ。

学園に入ったばかりのミレーヌ嬢は何かと他の女子生徒たちに目を付けられることが多く、レオナール殿下や我々側近が悪意からミレーヌ嬢を守っていたのだ。

まだ十二歳のいたいけな少女に対して、年上の令嬢たちが意地の悪い言葉を向けてくるそうだ。だからこそ我々が守ってあげないといけないというのに……。

「何と傲慢《ごうまん》な！　貴女《あなた》の姉上はクロエ嬢でしたね。私が抗議《こうぎ》してきます！」

「待って！　いいの。そんなことをしたら、ますます屋敷で虐められるわ。私はリオが側《そば》にいてくれればそれでいいの」

「ミレーヌ嬢《じょう》……」

「こんな私でも守ってくれる？」

「勿論です！」

袖《そで》を握《にぎ》られたうえに、縋《すが》るような眼差《まなざ》しを向けられて頬《ほお》が緩《ゆる》む。クロエ嬢には腸《はらわた》が煮《に》えくり返る思いだったが、優《やさ》しいミレーヌ嬢は事を荒立《あらだ》てないでほしいと言う。私はなんとか怒《いか》りを飲み込んでミレーヌ嬢の守護に徹《てっ》することにした。その後無事に殿下の婚約も破棄され、全《すべ》てが丸く収まったと思っていた。ところが……。

「ブルジェさま、お久しぶりでございます。クロエです。その節はお世話になりました」

なぜクロエ嬢がこんな所《ダルトワ帝国》にいるのかと混乱した。

使者としてダルトワ帝国《ていこく》に参じ、マルスラン皇太子殿下《でんか》との会合で同席した女性の美しさに目を奪《うば》われた。どう考えてもこれまでは意図的に隠《かく》していたのではないかと思われるその美貌《びぼう》に、クロエ嬢の真意を測りかねる。一体何のために隠す必要があったのだろう。隠さねばレオナール殿下とて心変わりなどしなかったかもしれないのに。

「ブリュノワ王国では被害者の証言だけで断罪し得る証拠《しょうこ》になるのか。それだったら示し合わせれば、いくらでも罪人を捏造《ねつぞう》できちゃうね。凄《すご》いね、ブリュノワ」

マルスラン皇太子殿下のこの発言に思わずカッとなってしまった。ブリュノワ王国への侮辱《ぶじょく》とも取れる言葉だ。だがそのあとにクロエ嬢がミレーヌ嬢を虐待《ぎゃくたい》する理由について問いかけられるも、ろくな返答が浮《う》かばない。

「何が正しくて何が正しくないか、自分の目と耳と頭で判断するんだ。第三者の言葉ほど当てにならないものはない。君も将来為政《いせい》者の補佐《ほさ》という立場に従事するなら、他人の言葉を鵜呑《うの》みにせず、それが自分を正当化する歪《ゆが》んだ内容ではないかを常に疑ってかかったほうがいい」

マルスラン殿下の言葉に愕然《がくぜん》とした。目から鱗《うろこ》が落ちる思いだった。私がずっと信じていたミレーヌ嬢の言葉は果たして真実だっただろうか。思い返せば過去三年間、クロエ嬢に話を聞こうとすれば必ずミレーヌ嬢に止められて、クロエ嬢本人から事情を聞くことは一度もできていなかったことに気付いた。

私は虐待の事実の真偽《しんぎ》が分からなくなった。自分の目で見たのは初めて虐待の事実を聞いたときの、ミレーヌ嬢の上腕部に残された赤い痕《あと》だけだ。そして自分の耳で聞いたのはミレーヌ嬢の言葉のみ。

（もし、ミレーヌ嬢の言葉が真実でなければ？　クロエ嬢がミレーヌ嬢を虐待していなければ？）

たとえそうでなかったとしても我々があの夜クロエ嬢にした仕打ちは、力ある者がか弱き女性に寄ってたかって容赦《ようしゃ》なく行った私刑《しけい》だ。イベール殿《どの》に指摘《してき》されるまでは考えもしなかった。

(何が正しくて何が正しくないのか、か……)

会合が終わってからも、私は混乱の極《きわ》みにいた。そしてもう一度クロエ嬢と話して真偽を確かめたいと思った。クロエ嬢にとっては二度と見たくない顔だろうが。

三日ほど皇宮に滞在《たいざい》させてもらうことになった。旅の疲《つか》れを癒《いや》すようにというマルスラン皇太子殿下の厚意《こうい》によるものだ。

ダルトワ帝国は何もかもが我が国と違《ちが》っていて戸惑《とまど》ってしまう。使者である私に対する対応もそうだが、何より陛下と皇太子殿下の人柄《ひとがら》によるものだろうか、皇宮の使用人たちの勤務態度や心構えが全く違うのが伝わってくる。使用人とはいえ貴族も交ざっているだろうに、一切《いっさい》の驕《おご》りを見せない。

「これがダルトワ帝国なのか……」

身分を問わず他人を尊重するという姿勢——ブリュノワ王国はどうだろうか。宰相《さいしょう》である我が父はどうだろうか。貴族たちはどうだろうか。思い返せば何もかもが違う気がしてくる。考えれば考えるほど、頭の中はさらに混乱を極めていく。

皇宮に滞在して体の疲れを癒す間に、私は与《あた》えられた客室で国に持ってかえる報告書を書くことにした。途中《とちゅう》まで書き進めて、ふとペンを握る手が止まる。頭の中にクロエ嬢の存在を伏《ふ》せておいてほしいというマルスラン殿下の言葉が蘇《よみがえ》る。

そのような願いを聞く義理はない。自分の職務を忠実に遂行《すいこう》すべきだ。自分で見聞きしたことをそのまま報告書に書くべきだ。だが……。

『今日私が言ったことに、少しでも思うところがあるならば黙《だま》っていてくれると嬉《うれ》しい』

再びマルスラン殿下の言葉が頭をよぎる。思うところ——そんなもの大いにある。国に対して忠実であるべきか、人とはこうあるべきという自分の理想に忠実であるべきか。導き出される答えが一致《いっち》すればいいのだが、それらがどうにも食い違い煩悶《はんもん》する。

ミレーヌ嬢と出会ってからの三年間は情に流されていたのかもしれないという自覚がある。だがこんな私でも理想とする人間像というものがある。そしてその理想に悖《もと》る行為《こうい》をしてしまった自覚もある。やってしまったことが帳消しになるとは思わないが、これから先は間違えたくない。

まず虐待の事実の有無《うむ》を知りたい。ミレーヌ嬢の言葉が真実だったのかどうか。愛《いと》しいミレーヌ嬢の言葉を疑いたくないという思いはあるが、どうしてもマルスラン殿下の忠告が棘《とげ》のように胸に刺《さ》さるのだ。

思考とともに報告書の上で止まってしまったペンを一度置いて、頭を冷やすために皇宮内にある図書室へと足を運ぶことにした。

図書室へ入ってみると、窓際《まどぎわ》の席に、本に向かって一心に視線を走らせる美しい女性が座っているのに気付いた。クロエ嬢だ。

丁度いい機会だと思った。ミレーヌ嬢から聞いた言葉についてどうしても尋《たず》ねてみたい。──嫌悪《けんお》の目を向けられるのを覚悟《かくご》で、目の前の美しい女性に声をかけることにした。

「クロエ嬢、読書の邪魔《じゃま》をして申し訳ありません。今お時間をよろしいですか？」

「まあ、ブルジェさま。構いませんよ。ここは図書室ですが、声を落としてお話しになるなら問題ないでしょう」

　クロエ嬢の言葉を聞いて、これまでほとんどと言っていいほどクロエ嬢と二人だけで会話を交《か》わしたことがなかったという事実に気付いた。

　こうして実際に話してみるといろいろと違和感《いわかん》を覚える。クロエ嬢の落ち着いた穏《おだ》やかな声や言葉選び。場を弁《わきま》えた細やかな配慮《はいりょ》。この三年間全く想像もしなかった姿だ。

　これまで私の中で作り上げた、想像の中のクロエ嬢の姿や態度とは一切重ならない。ミレーヌ嬢の言葉だけで培《つちか》われたクロエ嬢の人物像にピシリと罅《ひび》が入る。これが自分の目と耳と頭で判断しろという意味なのか。

「貴女はミレーヌ嬢に虐待をしていないと断言しましたよね。だがミレーヌ嬢は常々貴女に虐《しいた》げられていると言っていました。私はどちらが真実なのか分からなくなってきたのです。そこで貴女の言葉も聞かせてもらいたいと思って声をかけさせていただきました」

「ブルジェさま、まず先にお聞かせください。具体的にミレーヌは私に何をされたと言っていたのでしょうか？」

「初めて聞いたのは、レオナール殿下や私たち側近と仲よくするならば食事を与えないということでした。そして責めるように貴女に抓《つま》まれたという、ミレーヌ嬢の上腕《じょうわん》部についた赤い痕を見ました」

　私がそう言うと、クロエ嬢はフッとなにやら可笑《おか》しそうに笑《え》みを零《こぼ》した。

「まあまあ。ミレーヌはそのようなことをしていたのですね。ブルジェさま、夜会のときには聞かれなかったので申し上げませんでしたけれど、私にミレーヌの食事に関して与奪《よだつ》の権利はありませんわ」

「……どういうことでしょうか？」

「私は母が亡《な》くなった八歳のときから、公爵《こうしやく》家邸内《ていない》で一切食事を与えられておりませんから」

「…………は？」

「これまでずっと、私は父である公爵からも使用人からも空気のように扱《あつか》われておりました。一切の世話をされず、食事も与えられませんでした」

「そんな馬鹿《ばか》な！」

　信じられない事実を聞かされて思わず大きな声を上げてしまった。それが本当ならミレーヌ嬢は……。

そんな私を、クロエ嬢《じょう》は人差し指を小さな唇《くちびる》に乗せて窘《たしな》める。

「しぃっ。……声を落としてくださいませ」

「す、すみません。しかしそのようなことがあり得るはずが……」

「いえ、実際そうだったのです。公爵家の中では私の存在はないものとして扱われていました。ですから私は、食事は自分で勝手に作り、身の回りのことは自分で済ませてきましたの」

「そんな馬鹿な……」

私の呟《つぶや》きにクロエ嬢は苦笑《くしょう》しながら首を左右に振《ふ》った。

「父の愛情を感じたこともなく、ミレーヌは私の顔を見るたびに感情的に挑発《ちょうはつ》してきました。ですから私はなるべく家族とも使用人とも関《かか》わらないように、これまで暮らしてきたのですよ」

「なんということだ……」

驚愕《きょうがく》の事実だ。そこで私は再び考える。クロエ嬢の言葉が真実かどうか。

ミレーヌ嬢の言葉、クロエ嬢の言葉、両方を思い浮かべ、学園で見かけたときのクロエ嬢の姿と重ね合わせる。一人寂《さび》しく本を読んで他人を寄せ付けないクロエ嬢の様子。そしてクロエ嬢を問いただそうとするのを止めるミレーヌ嬢。一体どちらに違和感を覚えるか。

クロエ嬢の言葉を偽《いつわ》りと判断するには、あまりに荒唐無稽《こうとうむけい》な内容だ。クロエ嬢の言うことが真実ならば、虐待《ぎゃくたい》されていたのはクロエ嬢ということになる。これは公爵家の使用人を一人捕《つか》まえて真実を聞き出せば、すぐに分かることではないだろうか。

　クロエ嬢が愕然《がくぜん》とする私に穏やかに尋《たず》ねる。

「ブルジェさまには私が短慮《たんりょ》で感情的な人間に見えますか？」

「……正直なところ見えません」

「そうでしょうね。無感情で無表情だと言われて父に厭われていたくらいですから」

　確かにそうだ。感情的で短慮と言えばむしろミレーヌ嬢に当てはまる印象かもしれない。かつて学園で目にしてきたクロエ嬢が感情を剥《む》き出しにした様子を見たことは一度たりともない。

「これ以上ブルジェさまにお話しできることはございません。あとはブルジェさまご自身がミレーヌと話したり、他《ほか》の方と話したりして判断なさってはどうでしょう？」

「信じてくれ、とは言わないのですね」

「ええ、そのような言葉は無意味ですから。ブルジェさまには私を信じなければならない義務はないでしょう？」

「それはそうですが……」

　フフフと穏やかに微笑《ほほえ》むクロエ嬢を見て、この三年間に築き上げたクロエ嬢の虚像《きょぞう》がすでに完全に消えてなくなっていることに気付いた。と同時にミレーヌ嬢に対する不信感が生じる。

「あの、クロエ嬢……」

「はい」

「虐待の真偽《しんぎ》がどうあれ、我々が貴女《あなた》に対して行ったことは、人として恥《は》ずべき行為《こうい》でした。

あのときは頭に血がのぼってどうかしていました。許してもらえなくても仕方がありませんが、どうか謝罪させてください。……申し訳ありませんでした」

「ブルジェ様……。私のことはもういいのです。けれどこれからはきちんと証言や証拠《しょうこ》を精査した上で真偽を見極《みきわ》めてください」

　そう言ってクロエ嬢は少し困ったように笑みを浮かべた。

　クロエ嬢がもう必要がないと言ったとしても、帰国したら早速《さっそく》虐待についての真偽を調査してみようと心に決めた。

第七章　婚約披露パーティー

「最近のリオネルは、なんかおかしいよねぇ」

なぜか王太子の執務《しつむ》室のソファで雑談を始めた、俺の側近で魔道士であるアランが呟いた。

俺も同感だ。帝国《ていこく》から戻《もど》ってきてからというもの、どうもリオネルの様子がおかしい。

「そうか？　俺にはいつものくそ真面目《まじめ》な男にしか見えないが」

アランの言葉に騎士《きし》のトリスタンが反論した。リオネルがくそ真面目ならトリスタンはくそ鈍《にぶ》い男だ。

「トリスタンは鈍いから気付かないだけだよ。リオネルったら、殿下《でんか》とミレーヌ嬢の婚約《こんやく》が決まってからもずっと近くにいたのにさ。最近は一人でなんかこそこそ調べ物してるみたい」

「そうだったのか。気付かなかった」

「君ってほんっと鈍いよね。どうやらリオネルはルブラン公爵家のことを調べてるみたいなんだよね」

「そんなのミレーヌ嬢に聞けば済む話じゃないか」

「そうしないから怪《あや》しいって言ってるの。もしかしたら帝国でなんかあったんじゃないかと思うんだよね」

「そうか？」

「……」

俺はアランとトリスタンの会話をずっと黙《だま》って聞いていた。アランの言っていたことは俺が感じていたことと概《おおむ》ね同じだった。だがリオネルがルブラン公爵家のことを調べていたのは知らなかった。

もしかして不正の事実でもあったのか？　もしそんなものがあってもミレーヌの実家の不祥《ふしょう》事《じ》なら俺が揉《も》み消すが。

「クロエの行方《ゆくえ》は誰《だれ》も知らないのか？」

「僕は知りませんね。トリスタンは何か知ってる？」

「いや、私も存じ上げませんね。この国にはいないのではないですか？　どこかで野垂れ死にしているのではないでしょうかね」

「……」

「どうしたんです？　殿下」

「いや……」

別にあの女がどうなろうと知ったことではない。元婚約者といっても何の交流もなかったし、いないものとして扱っていた。だが命まで奪《うば》おうとは思っていなかった。まさか本当に野垂れ死にしているのではないだろうな。

「ねえねえ、何のお話？」

「ミレーヌ」

「「ミレーヌ嬢！」」

ミレーヌが執務室にやってきたことで俺の思考は遮《さえぎ》られた。別に今さらクロエがどうなろうと構わない。俺には愛するミレーヌさえいてくれればいいのだ。俺の隣《となり》に座るミレーヌの肩《かた》を抱《だ》き寄せて耳元で優《やさ》しく囁《ささや》く。

「どうした？　妃《きさき》教育はもういいのか？」

「あんなのもううんざり！　私、頭を使わなくても笑顔《えがお》があれば大概《たいがい》のことは乗り切れると思うのよね」

悪びれない笑顔が可愛《かわい》い。……可愛いのだが、一応妃教育は真面目に受けてくれないと宰《さい》相《しょう》が煩《うるさ》いのだがな。最初のころはひたすらその天真爛漫《てんしんらんまん》さが可愛かった。だが最近はたまに、本当にたまにだがイラッとするときがある。

「ミレーヌ。俺の妃になるなら妃教育は真面目に受けてほしいんだがな」

「私がカチコチの堅苦《かたくる》しい女になってもいいの、レオさま？」

「それとこれとは別の話だ」

「……レオさま、最近冷たいのね。私、マリッジブルーなのに……」

「そ、そうなのか？」

「ええ……。あんまり冷たいと私泣いちゃうんだから」

「そうか、ミレーヌ、すまない」

こうして今日も釈然《しゃくぜん》としない気持ちが胸の片隅《かたすみ》に溜《た》まっていく。可愛いから全《すべ》てを許したい。そう思う一方で、俺だって王としての教育を真面目に受けているのにと不満に思う気持ちがある。父上のように傀儡《かいらい》の王などと言われないために。

だがミレーヌの言葉はそんな俺の努力をも否定する言葉だ。ミレーヌは努力をする俺をも堅苦しい男と嘲笑《あざわら》うのだろうか。

クロエ——そういえばあの女は妃教育だけは毎日真面目に受けていたようだった。それに学園に入る前の幼いころ、俺が教師に褒《ほ》められたことを聞いたときには、自分のことのように喜んでくれていた気がする。いまさらどうでもいいことだが。

ミレーヌとの婚約に関してはなんの後悔《こうかい》もないはずだった。ほんの僅《わず》かな不満が胸の奥に少しずつ積もっていっていることに気付き始めていたが、このときは些細《ささい》な不満などミレーヌを愛する気持ちで打ち消すことができると思っていた。


いよいよ婚約披露パーティーの日が訪《おとず》れた。私たちはアンの背中に乗って、文字通りひとっ飛びでブリュノワ王国に到着《とうちゃく》することができた。ひと目につかない場所で降りてマルスラン殿下が借りきっている王都の宿へと向かった。

今回は移動の都合もあって、マルスラン殿下の護衛は公式的にはエルネストだけだ。けれど実際は、パーティーに出席する五人全員が護衛たり得る強さなので、少数でも全く問題はない。

マルスラン殿下が王都に宿を取ってくれたのは正直ありがたかった。この国にあまり長居はしたくないし、パーティーが終わったらすぐに立ち去りたい。王宮に滞在《たいざい》などもってのほかだ。

「いよいよ今夜だね。着飾《きかざ》った君の姿を楽しみにしているよ。じゃあ、またあとでね」

嬉《うれ》しそうな笑みを浮《う》かべるマルスラン殿下と客室の前で別れて、自分たちの部屋へと向かった。私とハルとアンが同じ部屋、マルスラン殿下も安全のためにエルネストと同じ部屋に滞在することになっている。

そして別の部屋には先行して到着していた帝国の侍女《じじょ》たちが滞在していて、私の着付けなどの準備を手伝うことになっている。

「クロエさまはとてもお美しいですわ。マルスラン殿下の婚約者でないのがほんっとうに残念でなりませんわ！」

「まるで現世に舞《ま》い降りた女神《めがみ》のようですわ……。私、倒錯《とうさく》した世界に堕《お》ちてしまいそう……」

「あ、ありがとう」

陽《ひ》が沈《しず》む前にドレスや化粧《けしょう》の準備に取り掛《か》かってくれた侍女たちが、口々に私を褒めてくれた。あまりにも手放しで褒められるので、なんだか恐縮《きょうしゅく》してしまう。

鏡を見ると、透明感《とうめいかん》のある青い生地《きじ》で仕立てられたドレスが私の緋色《ひいろ》の瞳《ひとみ》と銀の髪《かみ》によく合っている。腰《こし》の辺りのドレープで私の小さな腰が少しだけボリュームアップされている。そして胸元《むなもと》はかなり開いていて、白い胸が強調されている。……何とも心許《こころもと》ない。


準備を終わらせて宿のエントランスでマルスラン殿下とエルネストに合流した。私の姿を見た二人の反応があまりにちぐはぐで戸惑《とまど》ってしまう。

「クロエ……。ああ、なんて美しいんだ。今夜の主役は間違《まちが》いなく君だよ。会場に到着したら君のことを自慢《じまん》して回ることにしよう」

「確かにとても綺麗《きれい》だ……。だがアクセサリーはエメラルドよりもサファイアのほうがいいんじゃないか？」

手放しで褒めたたえるマルスラン殿下に対して、眉《まゆ》を顰《ひそ》めるエルネストを見て、段々不安になってくる。もしかして似合わないのだろうか。

「おいおい、エルネスト。やっかむなよ。ドレスが青なのにサファイアは微妙《びみょう》だろう。というか、ドレスが君の瞳の色なんだからアクセサリーくらいはエメラルドでもいいだろう？」

「……俺は別にそんなつもりで言ったわけじゃない。すまない、クロエ。今夜の君は凄《すご》く綺麗だと思う。ただ、その、あんまり笑顔にはならないほうがいい。害虫が」

「ああ、クロエ。美しい君を精々この国の貴族たちに見せつけてやろう。エルネストの言うことは気にしなくていいから」

「あの、主役はミレーヌとレオナール殿下《でんか》なので……」

「いや、クロエ、君だよ。ああ、楽しみだ！」

アンとハルは控《ひか》えめなドレスを着用して、私の側付《そばつ》きの侍女として参加することになっている。けれど二人ともシンプルなドレスにもかかわらずとても美しい。色気なんて私に比べるとかなりのものだ。幼女のアンですら私よりも色気があるのではないかと思う。


それから私たちは王宮の夜会会場へと馬車で向かった。

（いよいよだわ……。はぁ、憂鬱《ゆううつ》……）

会場の前で馬車から降りて、マルスラン殿下の腕《うで》に手を添《そ》える。それにしても今日の殿下とエルネストは一段と格好いい。慎《つつ》ましやかな紺色《こんいろ》の王族の礼服がマルスラン殿下の色気を引き立たせていて、表情に浮かべる笑みもいつもより五割増しくらいに蠱惑《こわく》的だ。

対してエルネストはきりりと表情を引き締《し》めたまま笑みを浮かべることもなく、静かにマルスラン殿下のあとについている。けれど深いグレーの騎士《きし》服がエルネストの色気を強調してみせている。笑みがなくとも氷のような眼差《まなざ》しを向けられた令嬢《れいじょう》は心を射貫《いぬ》かれてしまうだろう。

私の呼吸で緊張《きんちょう》を感じ取ったのか、会場に入る直前でマルスラン殿下が耳元に口を寄せて囁く。

「大丈夫《だいじょうぶ》だから、怖《こわ》がらないで。君は何も悪くないのだから、堂々としていていいんだよ」

「はい……」

マルスラン殿下にエスコートされて会場に入ってすぐに、ざわめいていた会場が静まり返った。貴族たちの視線が私たちに一斉《いっせい》に注がれている。

そんな中、真正面に一段と豪華《ごうか》に着飾《きかざ》ったレオナール殿下とミレーヌが並んで立っていた。ミレーヌはこれでもかというほどに宝石をちりばめた薄紫《うすむらさき》のドレスを身に着けている。流石《さすが》主役といった感じのゴージャスな二人は、キラキラとしてとても目立っていた。

そのレオナール殿下とミレーヌの視線も会場入りした私たちに向けられていた。そしてミレーヌは一瞬《いっしゅん》頬《ほお》を染めたのち、私に向かって射貫くような鋭《するど》い視線を向けた。

婚約披露《こんやくひろう》をするレオナール殿下とミレーヌのもとへ、主賓《しゅひん》でもあるマルスラン殿下と一緒《いっしょ》にゆっくりと歩みを進める。踏《ふ》み出す足が鉛のように重く感じる。

ふと、主役の二人を見守るように奥に静かに佇《たたず》む壮年《そうねん》の男性が視界に入る。その男性はミレーヌを見守っていた視線を私に向けた。

（お父さま……）

ミレーヌの婚約披露パーティなのだからお父さまがいてもおかしくはない。けれどやはり顔を合わせるのはつらかった。私に気付いているのかは分からないけれど、お父さまの表情に変化は見られない。

（私がクロエだと気付いているかしら……。フ……今さらそんなこと気にしても仕方ないわよね）

お父さまのほうに気を取られて気付かなかったけれど、私たちの行く先に佇むレオナール殿下の目は私に向かって大きく見開かれていた。口が半開きになっている。

そしてレオナール殿下の隣《となり》に立ってその腕に手を添えるミレーヌも、マルスラン殿下とエルネストを交互《こうご》に見て頬を染めてぼうっとしている。まるで二人とも互《たが》いの婚約者のことを忘れているかのようだ。

マルスラン殿下はレオナール殿下の前に進んだあと、余所行《よそゆ》きの笑《え》みを浮かべて祝辞を述べる。

「レオナール殿下、ルブラン公爵《こうしゃく》令嬢。ダルトワ帝国《ていこく》皇太子のマルスラン・ダルトワと申します。お初にお目にかかります。この度《たび》はご婚約おめでとうございます。お二人の将来に幸あらんことを心から願っております」

「あ、ありがとう、ございます。マルスラン殿下におかれましては、今夜のパーティーのために遠路はるばるお越《こ》しくださったことを心から嬉しく思います。どうかごゆっくりおくつろぎください」

「そうさせていただきます」

レオナール殿下が挨拶《あいさつ》を交《か》わしながら、ちらちらとこちらに視線を向けて僅かに動揺《どうよう》しているのが伝わってきた。

「それで、マルスラン殿下。恐《おそ》れ入りますが、よろしければお連れのご令嬢をご紹介《しょうかい》くださいませんか？」

レオナール殿下の願いを聞いて、マルスラン殿下がこれ以上ないというくらいの極上《ごくじょう》の笑みを浮かべた。これは何か企《たくら》んでいる顔だ。

「彼女は私の親しい友人、クロエ嬢です」

「クロエだと……！　まさか、いや、そんな……」

「彼女はこのパーティーに出席するのを遠慮《えんりょ》したいと固辞していたのですが、私が説得して無《む》理矢理《りやり》ついてきてもらったのですよ。私にとってとても大切な人ですから、どうぞよろしくお願いいたします」

「大切な、人？」

目を大きく見開いたまま、レオナール殿下が固まってしまった。二の句が継《つ》げずに口をはくはくと動かしている。

一方私の名前を聞いたミレーヌは顔を真っ赤に染めていた。どうも私に対して憤慨《ふんがい》しているように見える。

「なぜお姉さまが帝国の皇太子殿下の隣にいらっしゃるのかしら？　もはや貴族でもない平民

のお姉さまが」

　ミレーヌが頭を後ろに反らして私のことを睨《にら》みつける。

「ルブラン嬢、クロエ嬢は私が帝国に招待したのですよ」

「なんですって……」

　マルスラン殿下の言葉にミレーヌが愕然《がくぜん》としたように呟いた。そして私に対して敵愾心《てきがいしん》を隠《かく》しもしないミレーヌの隣で、レオナール殿下が未《いま》だ呆然《ぼうぜん》と私を見つめている。

「クロエ、なぜ君は……」

「失礼ですが殿下、クロエ嬢は私にとって大切な人です。名を呼び捨てるのはやめていただきたい」

「いや、しかし、彼女は私の……」

「ええ、元、婚約者ですね。存じております。彼女との婚約を破棄《はき》してくださった殿下には感謝の念に堪《た》えません。私にとっては実に僥倖《ぎょうこう》でした」

「クロエ……嬢のその外見は。なぜ隠して……」

「ほんと、いやらしいったらないわ！　平民の分際で高貴な男性を二人も侍《はべ》らせて！」

「はべ……」

　こんな公式の場で何という下品なことを言うのだろう、この妹は。王妃《おうひ》教育で慎《つつし》み深くあれと教育されていないのだろうか。お母さまが生きているときにあんなに注意されていたというのに。

ミレーヌの言葉を聞いたマルスラン殿下とエルネストの周囲の温度が二、三度は下がった気がする。エルネストがまた冷気を漏《も》らしているのではないだろうか。

同じくアンとハルも笑顔を保ったまま冷ややかに怒《おこ》っているのが伝わってくる。

「ルブラン嬢、貴女《あなた》の言葉を私の大切な人を侮辱《ぶじょく》する言葉と受け取ってもよろしいですか？　私は大切なものを守るためならどんな手段をも惜《お》しみませんよ」

「ミレーヌ、よさないかっ！」

マルスラン殿下の言葉を聞いたレオナール殿下が慌《あわ》ててミレーヌの口を押さえて、さらに吐《は》き出されようとしている言葉を制した。

「レオさま、でもっ」

「お前は戦争でも起こす気か！」

「っ……！　そんなつもりはないわ！　……フン、お姉さまがいくら見た目だけ美しく着飾っても、所詮《しょせん》は張りぼてよ。無能であることに変わりはないわ。グリモワールの正統な継承者《けいしょうしゃ》は私なの。だからこの国の正妃《せいひ》になるのも私以外にはあり得ないのよ」

「ええ、仰《おっしゃ》る通りです。おめでとうございます、王太子殿下、ミレーヌさま」

私の祝いの言葉を聞いたミレーヌがさらに顔を赤くした。頭から湯気を出さんばかりに憤慨しているのが伝わってくる。別に挑発《ちょうはつ》したつもりはないのだけれど。

「クロエ嬢《じょう》が怯《おび》えているのでご挨拶はここまでとさせていただきます。今日は楽しませていただきますね」

「ああ、ミレーヌが失礼をしました。今夜はどうぞごゆっくりお過ごしください」

私たちは一礼をして挨拶を済ませてその場を離《はな》れた。私はまだまだ続くパーティーを思って、大きな溜息《ためいき》を吐《つ》いた。


料理が置かれているテーブルの側《そば》に立って一息つく。会場にはダンスの曲が流れ始めた。皆《みな》マルスラン殿下《でんか》を護衛すべき立場なのに、なぜか私を守るように囲んで立つ。

そんな中、アンが目の前のオードブルから料理を皿に取って、上品に口に運びながら遠慮がちに告げる。

「それにしてもお主の妹、ミレーヌじゃったか。なんと頭の悪そうな……すまん」

「いいのよ。そう思われても仕方がない言動だもの」

「残念な王太子妃《ひ》誕生ですねぇ。イヒヒ」

「……」

未来の王太子妃に決まって、ミレーヌも少しは冷静な判断ができるようになったかと思っていたけれど、以前と何も変わっていない。あの様子だと、自分が環境《かんきょう》に合わせるのではなくて周囲の人たちを自分に合わせようとしているのではないだろうか。きっと「可愛《かわい》く笑えば大体のことは乗り切れる」とでも主張しているに違《ちが》いない。

「いやあ、危なかったよ。もう少しで『今度この国潰《つぶ》しに来るね』って宣言しちゃうとこだったよ。話には聞いていたから知ってたけど、君の妹、筋金入りで……だね」

「まったくだな。あれ以上捲《まく》し立てるようだったら、その場で首をへし折ろうかと思っていた。まあ……にいくら説教しても無駄《むだ》だろうしな。力で捻《ね》じ伏《ふ》せたほうが早い」

　マルスラン殿下もエルネストもごにょごにょ言っているけど聞こえているから。別にはっきり言ってもいいのに。

　私たちが会話を交わしている所へ、レオナール殿下が近付いてきた。ミレーヌを伴《ともな》ってはいない。

　何を言われるのだろう。以前ゴミ同然のように罵《ののし》られて国を追い出された経緯《いきさつ》がある。私はそのときのことを思い出して無意識に身構えてしまった。

「マルスラン殿下。クロエ嬢をダンスにお誘《さそ》いしてもよろしいでしょうか」

「……クロエ嬢さえよければ私に止める権利はありませんよ」

「……」

　マルスラン殿下が氷の微笑《びしょう》を浮《う》かべて答えた。どうやらダンスのお誘いだったようだ。エルネストに至っては無言のまま冷気を漏らしている。城を氷漬《こおりづ》けにするのは流石《さすが》にまずい。

　ふと、レオナール殿下が私をダンスに誘う様子を遠巻きに見ている男性たちに気付いた。トリスタンとアランの二人だ。二人は特に睨みつけているわけでもなく、何とも判断のつかない複雑な表情を浮かべてこちらの様子を窺《うかが》っていた。

「私でよろしければ喜んで」

「……ありがとう」

レオナール殿下が私に向ける表情は何やら複雑なものだった。憎《にく》んでいるにしても、ばつが悪いにしても、私の存在など無視すればいいのに。王族からのお誘いを断るのは礼儀《れいぎ》に反してしまうと考えて、レオナール殿下の手を取ることにした。


ホールの真ん中にエスコートされて片手を取られて腰《こし》に手を回される。ステップを一歩踏《ふ》み出してふと思い出す。ダンスをするのは一体何年ぶりだろう。思いに耽《ふけ》る私にレオナール殿下が恐《おそ》る恐るといったように口を開く。

「クロエ……嬢、君は私の婚約者《こんやくしゃ》だったにもかかわらず、なぜミレーヌを虐待《ぎゃくたい》などしたのだ」

「お言葉ですが、殿下。私がミレーヌさまを虐待したことなどただの一度もございません」

「……ではなぜあの場で申し開きをしなかったのだ」

「私は以前申し上げたはずです。証拠《しょうこ》はあるのですかと。ミレーヌさまと公爵《こうしゃく》家の証言を証拠と断定される皆さまのお話を聞いて、何を申し上げても無駄だと察しましたので」

「だが真実、ミレーヌを虐待などしていなければ婚約破棄《はき》とて言い渡《わた》さなかったかもしれないではないか」

ステップを踏みながら、そう言い募《つの》る殿下を見て私は大きく溜息を吐いた。

「殿下。最初に婚約破棄を断言されましたのに、申し開きを受け入れてあとで破棄を覆《くつがえ》すことなど不可能でしょう。そのようなことをされては王族としての信頼《しんらい》を失いかねません。それに……」

「それに……？」

レオナール殿下は私の表情を真剣《しんけん》な眼差《まなざ》しで見つめている。この人は私からどんな言葉を引き出したいのだろう。過ぎ去ったことをどんなに語ろうとも不毛でしかないのに。

「殿下は、私のような地味な婚約者でずっと屈辱《くつじょく》的で恥《は》ずかしかったと、そう仰《おっしゃ》いました。真実がどうあれ、ミレーヌさまと添《そ》い遂《と》げると心に決められていたのでしょう？」

「それは……！」

「殿下、たとえ政略のもとに結ばれた婚約とはいえ、私たちは決して良好な関係とは言えませんでした。殿下がミレーヌさまと親密になる前は、私なりに歩み寄る努力はしていたつもりです。けれどお二人の仲睦《なかむつ》まじい様子を見て、いつかこんな日が来ることは分かっていました」

「歩み寄っていた、と君は言うが、それならばその姿は何なのだ？　それほどに美しい姿をしていながら、なぜ私にすら真実の姿を見せなかったのだ？」

外見で現状が変わったというなら、あの夜会における殿下の主張の正当性はどこにあるというのだろう。

「おかしなことを仰いますね、殿下。まるで私の外見如何《いかん》によって婚約が破棄されなかったかの仰りよう。ミレーヌさまへの虐待と、私がグリモワールの正統な継承者でなかったのが、婚約破棄の理由ですよね？」

「ああ、そうだ。だが虐待の事実がなかったのなら、他《ほか》に選択肢《せんたくし》はあった」

私は苦笑《くしょう》しながら首を左右に振《ふ》った。あのとき変装を解いた私の言い分ならば聞いてくれたと？　地味な私には見向きもしなかったのに？　――そんな理由で流される相手を心から信頼などできるわけがない。そんな私の顔をレオナール殿下が切なげな表情で見つめている。

「あのころの私の言葉がいかなるものであったとしても、果たして殿下に届いたでしょうか」

「……」

「私が殿下に信じてもらえなくてもある意味仕方がないと諦《あきら》めていました。あのときだけでなく、ずっと昔から諦めていたのですよ、殿下」

「……見限られたのはこちらということか」

「そのような恐れ多いことを申し上げているつもりはございません。無能な私がグリモワールの正統な継承者であるはずがないと……そしてミレーヌさまを正統な継承者として判断されたのでしょう？　でしたら、私の外見がどうあれ、これ以上過去の話を蒸《む》し返すのは無駄なことかと」

「……そんなことは分かっている」

レオナール殿下は、少し拗《す》ねたような諦めたような表情で溜息を吐いて切なげな表情を浮かべた。

「殿下。もしも今日、私が以前の姿で出席したらどんな対応をされたでしょう？　こうしてダンスに誘われることもなかったでしょうし、相も変わらず疎《うと》まれて真実を申し上げる機会もなかったことでしょう」

「それは……」

「殿下、きっかけはミレーヌさまだったかもしれません。けれど度々《たびたび》の判断や行動の選択をされたのは殿下ですわ」

「そう……だな。君とこんなふうにじっくりと話したのは初めてかもしれないな。その上で君に伝えたい。私は君という女性を勘違《かんちが》いしていたようだ。……クロエ嬢、立場上公《おおやけ》に謝罪をすることは許されない。だからこの機会に私の気持ちを伝えたい。君のことを信じずにあのような無体を働いて、本当に申し訳なかった」

「殿下……」

「許してくれなくとも構わない。許されるとは思っていない。あのような暴力まで看過したのだから……いや、私も加わっていたも同然か。許されないことをしたと思う。私はこの結果を甘んじて受け入れようと思う。だがミレーヌに関しては……」

レオナール殿下《でんか》が苦々しそうな表情を浮かべて話を続ける。

「これから先、正直信じることができそうにない。愛《いと》しいと思う気持ちもよく分からなくなってきた。だが私の思いとは関係なく、グリモワールの正統な継承者《けいしょうしゃ》であるミレーヌを王太子妃とすることは決定事項《じこう》だ。覆すことはできない。……そんな苦い思いを抱《いだ》いてこれから生きていくことも含《ふく》めて、私が受け入れなくてはならない罰《ばつ》なのだろうな」

レオナール殿下が自らの心情を吐露《とろ》した。恐らく後悔《こうかい》に打ちひしがれているのだろう殿下の心の嵐《あらし》など私には理解できないし、したいとも思わない。この国の行く先がどうなろうと、もはや私には関係のないことだ。それよりも……、

「……殿下、もうそろそろ」

いつの間にかダンスを二曲も続けて踊《おど》っていた。婚約者を差し置いて、王太子と二曲立て続けにダンスをするなど、本来ならばあってはならないことだ。もっと早く声をかけるべきだった。

私の言葉を聞いたレオナール殿下が、合わせていた手に一段と力を込めて私の手を握《にぎ》る。放さないと言わんばかりだ。けれど殿下の手の熱さに反比例するように私の心は恐ろしく冷えていた。切なげな殿下の表情を見ても何の感情も湧《わ》かない。

「もっと君と踊りたいのだが……」

愛しい人との待ちに待った婚約披露《ひろう》パーティーだろうに、婚約者でもない私に何を言ってい

るのだろうか。

「そのようなお言葉をいただくなど、私などには分不相応に過ぎます。どうかミレーヌさまとお幸せに」

「クロエ……」

殿下が唇《くちびる》をギュッと引き結んだあとに、名残惜《なごりお》しそうに私の手を放した。私は一礼をしてその場を下がる。

レオナール殿下とのことは全《すべ》て過去に流したつもりだった。殿下に対して恋愛《れんあい》感情があったわけではない。ただ、こんなことになる前に一度もきちんと言葉を交《か》わしていなかったことに気付いたのだ。

（殿下と話したことで、私も完全に過去のこととして振り切れたみたい。割り切っていたつもりだったのに……）

恋愛感情こそなかったけれど、穏《おだ》やかな関係を作るためになんとか心を寄せようとしていた相手だ。それなのに、わけのわからない冤罪《えんざい》をかけられて誤解をされたまま国をあとにすることになった。自分自身の言葉で終わりを告げることができたことで心の中が晴れたようだ。

ちらりと見ると、ダンスを踊っていた間に、殿下の側近たちがミレーヌを囲んでいた。アランとトリスタンとリオネルの三人だ。両腕《りょううで》を組んだまま顔を赤くして憤慨《ふんがい》しているミレーヌを宥《なだ》めているようだ。

リオネルは無表情で静観しているようだけれど、アランとトリスタンは見るからに不機嫌《ふきげん》なミレーヌに向かって懸命《けんめい》に笑いかけている。

皆《みな》のもとに戻《もど》った私を見て、マルスラン殿下が極上《ごくじょう》の笑《え》みで私に手を差し出す。

「クロエ、よろしかったら私ともダンスをお願いできませんか？」

「……ええ、喜んで」

そう答えた瞬間《しゅんかん》、足元にぶわっと冷気が漂《ただよ》った気がした。恐《おそ》る恐る冷気の発生源を見ると、エルネストが先ほどからの不機嫌な表情に輪をかけていた。

「……エル、なんなら君がクロエをダンスに誘《さそ》ってもいいんだよ？」

「私は殿下とクロエの護衛騎《き》士《し》ですので、ダンスを踊る立場ではございません」

「はぁ……。そう言うならそんなに分かりやすく不機嫌にならないでくれ……」

エルネストの不機嫌の理由に首を傾《かし》げながらもダンスの誘いに応じてマルスラン殿下の手を取ろうとしたところで、再び珍客《ちんきゃく》が現れた。パーティーのもう一人の主役であるミレーヌだ。いつの間に近付いてきていたのだろう。全く気付かなかった。

ミレーヌが上目《うわめ》遣《づか》いでマルスラン殿下を見つめながら声をかけてきた。しっかりと猫《ねこ》を被《かぶ》り直したようだ。

「マルスラン殿下、今夜は私たちのためにパーティーにお越《こ》しくださって、ありがとうございます。それと、先ほどは失礼いたしました。淑女《しゅくじょ》としてあるまじき言動でしたわ」

「……謝罪をされる相手が違うのでは？」

ミレーヌはちらりと私を見てツンと顔を逸《そ》らしたあと、愛らしい笑顔でマルスラン殿下を見つめ直した。ミレーヌは相も変わらず平常運転だ。

「そんなことよりも、ぜひマルスラン殿下とダンスをと思っていたのです……。よろしかったら私と」

甘えた声で懇願《こんがん》するようにダンスを乞《こ》うミレーヌを見て思わず頭痛がしそうになった。婚約《こんやく》者は放《ほう》っておいてもいいのだろうか。

「ああ、申し訳ありません。今クロエにダンスを申し込んだところだったのですよ」

貼《は》りつけたような笑みを浮かべながらマルスラン殿下が誘いを断った。

するとミレーヌは横目でキッと私を睨《にら》みつけて、再び甘えたような表情でエルネストへと向き直った。

「ではそちらの騎士さまは如何《いかが》でしょう？」

ミレーヌ……。外見がよければ誰《だれ》でもいいのだろうか。

「私は護衛騎士ですので謹《つつし》んで遠慮《えんりょ》いたします」

エルネストが無表情のまま冷然と答える。マルスラン殿下とエルネストから望んでいたであろう返事を引き出せなかったミレーヌが、苛立《いらだ》った様子で再び私を睨みつける。

「残念ですわ。けれどマルスラン殿下、そのような無能な平民の女とダンスなど、ご趣味《しゅみ》を疑われましてよ」

いくら王太子の婚約者とはいえ、他国の皇太子殿下の趣味を批判するなんて。そんなミレーヌの指摘《してき》など気にする様子もなく、マルスラン殿下が冷たい笑みを浮かべたまま答える。

「誰にどう言われようとも、私は自分の選択が至上だと信じておりますので。ミレーヌ嬢《じょう》もしっかり婚約者の手綱《たづな》を握っておかないと、愛しい人の趣味がいつ悪くなるか分かりませんよ」

「っ……！　レオさまの趣味は未来永劫《みらいえいごう》最上ですわ！　お姉さまよりも私を選んだのですから！」

「ええ、そうでしょうとも。とても素晴《すば》らしい趣味をしておられる」

「勿論《もちろん》ですわ！」

ミレーヌが勝ち誇《ほこ》ったように頭を反らして口角を上げた。今のマルスラン殿下の皮肉をそのまま捉《とら》えるなんて、幸せな子だ。

「ダンスをご一緒《いっしょ》できずに残念ですわ。それはそうと、あとでちょっとした催《もよお》しがありますの。ぜひ楽しみにお待ちくださいね」

ミレーヌは最後にとても満足げにそう言い残して、元の場所へと歩いていった。ちょっとした催しとは何だろう。なんだか嫌《いや》な予感しかしない。

「まったく、彼女はたいした王太子妃《ひ》になりそうだ……。さあ、クロエ、ダンスを」

「……ええ、ぜひ」

マルスラン殿下の手を取ってホールの中心へと向かう。エルネストのほうは見ない。不機嫌なのは分かっている。足元の冷気が漂ったままだから。

マルスラン殿下とダンスを一曲踊ったところで音楽が止《や》んだ。一体何が起こるのだろうと、会場にいる貴族たちが不思議そうな顔をしている。そんな中で、ミレーヌだけが嬉《うれ》しそうな笑みを浮かべていた。

マルスラン殿下とのダンスを終えてしばらくしたあと、会場の灯《あか》りが僅《わず》かに落とされて、中央の辺りのみが明るく照らされた。先ほどミレーヌが言っていた『催し』とやらが始まるのだろうか。

不安になりながらも状況《じょうきょう》を見守っていると、照らされた場所に縄《なわ》で縛《しば》られた屈強《くっきょう》そうな男性が三人ほど兵士に連れられてきた。身なりはある程度綺麗《きれい》にされているけれど、拘束《こうそく》されているところを見ると囚人《しゅうじん》のようだ。兵士が何人か周囲に立って監視《かんし》している。

連れてこられた男たちは怯《おび》えたように周囲を見回している。一体何が始まるのだろうか。

「おい、ミレーヌ。何をするつもりだ。私は何も聞いていないぞ！」

「大丈夫《だいじょうぶ》ですわ、レオさま。私たちの明るい未来のために、これは必要なことなのです」

密《ひそ》かに身体強化の魔法《まほう》を自分に掛《か》けていた私の耳に、レオナール殿下とミレーヌの声が飛び込んできた。事態を知らされていなかったらしい殿下の慌《あわ》てたような表情を見て、ますます不安が募《つの》る。

「んんっ、皆さま、本日の婚約披露パーティーにお越しくださり、ありがとうございます」

ミレーヌが咳払《せきばら》いとともに、勿体《もったい》をつけるように会場の貴族たちに向かって話し始めた。嬉しそうなミレーヌに貴族たち全員が注目している。レオナール殿下も含《ふく》めたほとんどが何が起こるのか分からないといったふうに呆然《ぼうぜん》としている中で、アランとトリスタンだけがなにやら焦燥感《しょうそうかん》を滲《にじ》ませている。この二人は何かを知っている？

「グリモワール」

詠唱《えいしょう》とともにミレーヌが胸の辺りまで上げた左の掌《てのひら》の上に白の書を取り出した。それを見た出席者たちが一様に「おお！」と感嘆《かんたん》の声を上げる。

見慣れない光景に会場のあちこちがざわめいている。そんな貴族たちの反応に満足したのか、ミレーヌが得意げな笑みを浮かべている。

ちなみに白の書を取り出すミレーヌを私が見たのは初めてではない。幼いころに小動物を弄《もてあそ》んだのちに治癒《ちゆ》魔法を行使する姿を何度か見たことがある。

「命あるものをわざと傷つけるのは悪いことだ」と母と私が何度か窘《たしな》めたことがあったけれど、その度《たび》にミレーヌは癇癪《かんしゃく》を起こしてふて腐《くさ》れていた。そのあともミレーヌが陰《かげ》でこっそり同じことをしていたのを知っている。打ち捨てられたいくつもの小さな躯《むくろ》を目にしたことがあるから……。

ミレーヌはそんな残虐《ざんぎゃく》的な一面を持っている。今目の前で得意げな表情を浮かべているミレーヌに対して、私の嫌な予感は次第《しだい》に確信に変わっていた。

「結界を張ります」

ミレーヌがほんのり白く光る結界を囚人らしき男たちの周囲に張った。囚人たちの周囲にできた薄《うす》い壁《かべ》は、魔力を持たない普通《ふつう》の人でも視認《しにん》できる仄《ほの》かな白い光を放つ。それにしても薄すぎる……。あの薄っぺらい結界で一体何をしようとしているのだ。

「アラン、彼らに風の刃《やいば》を」

魔道士のアランは眉根《まゆね》を寄せて大きな溜息《ためいき》を吐《つ》いた。私は察した。これは悪趣味極《きわ》まりない非道な見世物《みせもの》だ。ミレーヌがこれほど愚《おろ》かだとは。あの傍若無人《ぼうじゃくぶじん》なアランも流石《さすが》にこの無意味な見世物に気が進まないのだろう。あからさまに不安げな顔をしている。

「ミレーヌ嬢、もし彼らに害が及《およ》べば……」

たとえ男たちが死刑囚《しけいしゅう》だとしても、正式な手順を踏《ふ》まずに公開処刑《しょけい》のような真似《まね》をする権限などミレーヌは持たない。これだけ多くの目撃者《もくげきしゃ》がいるのだ。もし無体にも男たちの命を奪《うば》うようなことになってしまえば、主導したミレーヌも手を貸したアランもただでは済まないだろう。

「大丈夫よ、アラン。そのときは私の治癒魔法があるわ！」

ミレーヌが明るく答えているけれど、そういう問題ではない。たとえあとで治癒できたとしても、一時的に苦痛を与《あた》えることに変わりはないのだ。なんと愚かな。なんと無情な。

アランは渋々《しぶしぶ》男たちに向かって風の刃を放った。それほど多い数ではない。ほんの五、六個だ。それなのにミレーヌの薄い結界は用をなさなかった。最初の二個を打ち消したあとに消滅《しょうめつ》してしまったのだ。

「うああッ！」

「ひいぃ！」

「いてえッ！」

男たちは口々に悲鳴を上げて、魔法の刃によって傷つけられた部分を押さえた。残った三つの風の刃が巻きつくように男たちの体を切りつけ、皮膚《ひふ》の表面に無数の裂傷《れっしょう》を刻んだ。アランがすぐに刃を消したけれど、それでも被害《ひがい》は大きかった。

動脈を傷つけられたのか、男たちのうちの一人が特に激しい出血をしていた。拘束されている腕《うで》が思うように動かせないのか、傷ついた腕を押さえることもできないようだ。傷口から溢《あふ》れる血は止まる様子がない。このままでは失血死してしまう。

まさか命を奪うことになるとは思わなかったのだろう。アランの顔色が青くなっていく。あの夜会の夜、私に向かって平然と風の刃を放った男とは思えないほどの狼狽《うろた》えようだ。アランはすぐに男に駆《か》け寄って傷口を手で押さえたけれど、床《ゆか》の血溜《ちだ》まりが広がっていく。

ミレーヌは一瞬《いっしゅん》顔色を悪くしたけれど、まるで予定調和だったと言わんばかりに笑顔《えがお》で取り繕《つくろ》った。

「ま、待ってね。全《すべ》て予定通りよ。ち、治癒魔法を行使します」

ミレーヌが治癒魔法を行使しようと右手を高く掲《かか》げた。掲げられた掌から薄《う》っすらと白い光が放たれ、男たちを包む。けれどこの程度の治癒魔法では男たちの出血は止まらない。

「あ、あら、おかしいわね。少し調子が悪いのかしら」

ミレーヌが取り繕うように言い訳をしているけれど、すぐに治療《ちりょう》を施《ほどこ》さなければ重傷の男が失血死してしまう。いざというときのために医療班を待機させるくらいの準備はしておくべきだろうに。

「どうせ罪人なのだから、こうなっても、し、仕方ないわよね」

ミレーヌの心ない言葉に内心激昂《げっこう》する。人の命を奪いそうになっているにもかかわらず、言うにことかいて仕方ないとは何だ。罪人だろうが正式な処刑でもないのに玩具《おもちゃ》のように弄んで命を奪っていいわけがない。

今私がグリモワールを出せば、全てが露《ろ》見《けん》してしまう。幼いころから擬《ぎ》態《たい》していたことも全て。けれど目の前で失われようとしている命を見て、私はぐっと歯を食いしばって決断をした。

「グリモワール」

詠唱とともに周囲の視線が私に集まる。次の瞬間、薄明かりの中にいた私の掌の上にある黒の書が白い光を放った。薄暗い会場の中、傷ついた男たちと私の周りの二か所だけが白い光に包まれている。

もう迷いはない。ここまでやったら後には引けない。今は意識を失いそうになっている目の前の男性の命を繋《つな》ぎ止めなくては。

私はすかさずミレーヌに近付いて、その手を握《にぎ》って高く掲げ、男性たちに治癒魔法を施した。繋いだ手から溢れ出る柔《やわ》らかな白い光が男性たちを包み、出血していた傷がみるみるうちに消えていく。特に酷《ひど》い傷を負った男性の出血も無事止めることができた。

若干《じゃっかん》顔色が青白くなって意識が朦朧《もうろう》としているものの、命には別状がなさそうだ。男性の様子を見て一瞬安堵《あんど》したけれど、出血が多かったのでまだ安心はできない。私はその場にいた兵士たちに指示を出す。

「彼らに適切な処置を。きちんと体力を回復させないと、彼の容体が危険なことには変わりありませんからね」

兵士たちは迷うようにレオナール殿下《でんか》の顔を見て指示を仰《あお》ぐ。レオナール殿下は兵士たちに傷ついた男たちを運ぶよう冷静に指示を出した。会場の貴族たちのざわめきが止まらない。何か恐《おそ》ろしいものを見せられたような怯えた様子だ。

私は未《いま》だ呆然と立ち尽《つ》くすミレーヌを尻目《しりめ》に、レオナール殿下をちらりと見た。レオナール殿下は私のほうを見て不安げな顔をしている。

　この騒《さわ》ぎを収めるにはこうするしかない。そのためにミレーヌの手を握って治癒魔法を施したのだ。私は声を上げた。

「会場の皆《みな》さま、絶対的な力だと一般《いっぱん》的に信じられているグリモワールの力も、たった一人ではこれほどまでに不安定な力です。そのことをミレーヌさまは身をもって証明してくださったのです。けれど、こうして力を合わせることによって危機を乗り切ることができました。ミレーヌさまはグリモワールの力のみに頼《たよ》り切ることが、いかに危険かということをお伝えしたかったのです」

　私は先ほど繋いだミレーヌの手を、未だ放していない。ミレーヌはそのままぽかんと私の顔を眺《なが》めていた。一体何を言っているのだろうといった表情だ。

「グリモワールの血族はこうしてお互《たが》いを支え合ってこそ力を行使できるのです。これからは王太子殿下がミレーヌさまを支えられます。ミレーヌさまもまた王太子殿下を支えられるでしょう。どうかお二人が末永く幸せであられることを心よりお祈《いの》り申し上げます」

「おおっ」

「そういうことだったのか……」

「一時はどうなることかと思いましたわ」

　会場のあちらこちらから、感嘆の声や未だ不安の拭《ぬぐ》えない声が聞こえてきた。釈然《しゃくぜん》としない

気持ちを抱《かか》えている貴族は案外多いかもしれない。

かなり無理な纏《まと》め方をしてしまった自覚はある。全ての貴族に対しては無理かもしれないけれど、ある程度の体裁《ていさい》は整えられたのではないだろうか。

これ以上は私の知ったことではない。これは私の力を目立たせないため——私自身を守るための手段でもあったのだから。

私に手を握られているミレーヌの体が小さく震《ふる》えていることが分かった。ちらりと様子を窺《うかが》えば、どうやら我慢《がまん》ならないといった様子だ。

このままだとまた要《い》らぬことを口走りそうだ。こうして事態を収束させたのに再びかき回されては堪《たま》らない。怒《いか》りに震えている様子のミレーヌに、小声で囁《ささや》く。

「ミレーヌ、今は我慢なさい。正妃《せいひ》になりたいのでしょう？　あとで話しましょう」

「っ……！」

そんな私たちの様子を見守っていたレオナール殿下が、声を上げた。

「少し時間には早いが、私たちはそろそろ会場を下がらせてもらう。我が婚約者の気分がすぐれないようだ。どうか皆はそのまま引き続きゆっくりと楽しんでくれ」

照明が戻《もど》されて、会場の様子が再び明るい雰囲気《ふんいき》を取り戻しつつある。それを見てレオナール殿下が安堵したように溜息を吐き、ミレーヌと自らの側近たちとともに別室へと下がるので、私にも一緒《いっしょ》に来てほしいと伝えてきた。

一部始終を見ていたマルスラン殿下をはじめとした帝国《ていこく》の仲間たちが、自分たちも同行することを告げ、皆で別室へと移動することになった。

応接室に案内されてテーブルの側の椅子《いす》に座らされたあと、レオナール殿下は立ったままミレーヌたちに向かって詰問《きつもん》を始めた。ミレーヌが反省していることを願いつつ、私はその様子を黙《だま》って見守ることにする。帝国の仲間たちはというと、皆一様に冷然とした様子でレオナール殿下たちを眺めている。

「さて……。一体どういうことか説明してもらおうか」

レオナール殿下の前で立ったまま項垂《うなだ》れているのはミレーヌ、アラン、トリスタンの三人だ。リオネルは今回のこととは無関係だったらしく、私たちと同じように冷然と様子を見守っている。

そして主導したのは明らかにミレーヌだと予想される。アランとトリスタンの二人は恐らく無理矢理《むりやり》付き合わされたのだろう。問い詰《つ》められたミレーヌがしゅんと肩《かた》を落としたまま口を開く。

「グリモワールの力を示さないと、王太子妃《ひ》として納得《なっとく》してもらえないと思ったんです……」

「グリモワールの力は言葉で説明すればいいのだ。あんな悪趣味《あくしゅみ》な見世物《みせもの》をする必要などない！」

レオナール殿下がミレーヌに対して声を荒《あら》らげているのを見たのは初めてかもしれない。

「殿下、ミレーヌ嬢《じょう》はこんなことになるとは思っていなかったんだと」

「アラン、お前には聞いていない。そもそも俺の側近であるお前たちが、俺に何の報告もせずに密《ひそ》かにミレーヌを手伝うとはどういうことだ」

「申し訳、ございません……」

「申し訳ございません」

アランとトリスタンは謝罪を口にしたあと、言葉を失ったように口を噤《つぐ》んだ。

「私がお姉さまよりも王太子妃に相応《ふさわ》しいんだって、皆に知ってもらいたかったんです！」

レオナール殿下にそう訴《うった》えたあと、こちらを向いてキッと私を睨《にら》みつけた。

「こんな、余計なことをして、また私を蔑《さげす》んでっ。どうせいい気味だとでも思ってるんでしょう！　お姉さまみたいな、人形のような冷血女、いくら綺麗《きれい》に着飾《きかざ》ってもつまらない女に変わりないんだから！」

ミレーヌは激昂して私に向かって叫《さけ》び始めた。その様子を見たレオナール殿下が驚《おどろ》いたように目を見開いてミレーヌを咎《とが》める。

「ミレーヌ！　君という子は……。クロエ嬢がいたから事なきを得たんだぞ。罪人とはいえ一歩間違《まちが》えれば私刑《しけい》のような形で大勢の貴族の目の前で人の命を奪《うば》うところだった。クロエ嬢はあの夜会の折、あんな無体をした我々《われわれ》のために、一刻を争う危険な状況《じょうきょう》を救ってくれたんだ。君や我々の立場もだ。君にはそれが分からないのか！」

「分かりません！　分からないわよっ！　こうして何の感情もない顔で私を見てるけど、きっと心の中では私を嘲笑《あざわら》っているのよ。昔からそうだったわ」

　ミレーヌはテーブルの向かいに座っていた私のほうへ近付いてきた。エルネストとアンとハルの三人が椅子から立ち上がって感情が昂《たかぶ》っているミレーヌの動きを警戒《けいかい》する。

「お姉さまはいつもそう！　お母さまに似て美人で頭がよくて冷静で、いつも私を見下してたのよ！」

「ミレーヌ……。私は貴女《あなた》のことを見下してなんか」

「嘘《うそ》よ！　だから私は、お姉さまなんかより私のほうが優《すぐ》れてるって、皆に見せたかったのよ！」

「そんなことのためにあんな酷いことをしたの……？　あの男性はひとつ間違えれば死んでいたかもしれないのよ？」

「死なせるつもりなんてなかったもの！　あとでちゃんと治癒《ちゆ》するつもりだったし！　それにどうせ罪人でしょう。もし仮に死んだって何の損失も」

――パンッ！

私は咄嗟《とっさ》に立ち上がって右手でミレーヌの頬《ほお》を叩《たた》いた。ミレーヌが赤く染まっていく左頬《ひだりほお》を片手で押さえながら、驚いたように目を丸くして私を見た。

ミレーヌの言葉を聞いて悲しくなった。幼いころに見た、庭に打ち捨てられた小さな躯《むくろ》が頭をよぎる。

「命を何だと思っているの！　私のことならいくら憎《にく》んでも構わないわ。けれど、私の鼻を明かすために関係ない人を利用して、その命を弄《もてあそ》ぶなんて絶対に許されないことよ！」

「だって、私は、そうやって、いつも冷静に、取り乱すこともない、お姉さまに、膝《ひざ》を、つかせたかったのだもの……」

ミレーヌの紫紺《しこん》の瞳《ひとみ》からボロボロと涙《なみだ》が溢《あふ》れてくる。これは泣き真似《まね》ではない本物の涙だ。嗚咽《おえつ》とともに泣きじゃくる姿は、まるで幼い子どものよう。けれど今度ばかりはレオナール殿《でん》下《か》も側近たちも、ミレーヌを庇《かば》おうとする様子はなかった。私はそんなミレーヌに何と返していいか分からず、ミレーヌの背中に手を回して思わずギュッと抱《だ》きしめた。

「お、姉さま、何を……」

「ミレーヌ。私は幼いころから貴女が羨《うらや》ましかったのよ。自由奔放《ほんぽう》で、泣いたり笑ったり怒《おこ》ったり、感情豊かに振《ふ》る舞《ま》える貴女が。私は感情など出せなかったもの」

幼いころから、悲しいことがあっても、私の涙が零《こぼ》れる前にミレーヌがボロボロと涙を零して大泣きしはじめる。そんなミレーヌを見ると出そうになっていた涙が引っ込んでしまうのだ。

そして、反射的に泣いてはいけないとブレーキをかけるようになっていた。

　お母さまが亡《な》くなったときも一番泣いていたのはミレーヌだった。あのときばかりは私も声を殺して泣いたけれど……。

「貴女が私の代わりに怒ったり泣いたりしてくれたから、私は冷静でいられたの。感情よりも先に、考えるようになったの。別にミレーヌのことを蔑んでいるわけではなかったのよ」

　流石《さすが》にこの国に来てからのミレーヌの言動には辟易《へきえき》するものがあった。以前から蔑まないまでも呆《あき》れてしまったり、腫《は》れ物に触《さわ》るような気持ちになったりしたことは否定できない。だから、絡《から》まれると面倒臭《めんどうくさ》いとか、関《かか》わると喧嘩《けんか》になるから喋《しゃべ》りたくないとか、そういう気持ちがあった。

「だから貴女のことを憎んだりはしてないわ。私たちの性格はこれほど違うんですもの。お互《たが》いに苦手だと思うのは仕方がないと思うの」

　素直《すなお》で表情豊かなミレーヌだからこそ、レオナール殿下も惹《ひ》かれたのだろう。そしてお父さまもきっと……。

「わ、私のこと、嫌《きら》いじゃ、ないの……？」

「正直に言うと苦手だと思ってはいたけれど、嫌いじゃないわ。……だけどね、ミレーヌ。命を軽《かろ》んじることだけは絶対に許されないことよ」

「う……、ごめんなさい」

ミレーヌは幼いころから残虐《ざんぎゃく》的な一面のある子だった。長年にわたって染《し》みついた認識《にんしき》を今すぐに変えろと言っても、無理な話なのかもしれない。けれど、だからといってこのままにしてはおけない。少しずつでも理解してほしい。

「あの男性も気の毒だったけれど、殿下にもたくさんご迷惑《めいわく》をおかけしたでしょう？　だから、ね、ミレーヌ。殿下にきちんと謝りましょう。そしてあの男性たちのことをお願いなさい」

「う、わ、分かったわ……」

ミレーヌは私から体を離《はな》して、レオナール殿下のほうを向いた。そして跪《ひざまず》いて深々と頭《こうべ》を垂れた。

「レオさ……殿下、ご迷惑をおかけして申し訳ございませんでした。二度とこのような勝手な真似はいたしません。……王妃《おうひ》教育も真面目《まじめ》に取り組みますので、どうかお許しください」

レオナール殿下が驚いたように目を見開く。そんな殿下の気持ちが手に取るように分かって、私も思わず同感だと言いたくなった。このような殊勝《しゅしょう》なミレーヌを見るのは、生まれてこのかた初めてだからだ。ミレーヌはそのまま言葉を続ける。

「アランもトリスタンも、最後まで私に反対していたのです。それなのに私が無理矢理つきあってもらったのです。どうか彼らへのお咎めはご容赦《ようしゃ》ください。そして私が傷つけたあの罪人たちにもどうか寛大《かんだい》な処遇《しょぐう》を、お願いします……」

「ミレーヌ……。君の言葉、信じていいんだね？」

「信じていただけなくても仕方ありませんけれど、これから信じていただけるように頑張《がんば》ります……」

「分かった。だがこのような勝手な真似は二度と許さない。くれぐれも肝《きも》に銘《めい》じるように」

「承知しました」

肩《かた》を落として項垂《うなだ》れたミレーヌに向けて、レオナール殿下がこの上ないほどに優《やさ》しい笑《え》みを浮《う》かべた。そのあとに真剣《しんけん》な表情で私の前に近付き、スッと跪いて頭を垂れた。レオナール殿下の予想外の行動に驚いてしまう。

「クロエ嬢《じょう》、この度《たび》のこと、そしてあの日の夜会のこと、改めて謝罪させてほしい。本当に申し訳なかった」

「殿下……」

「貴女の行動を見て、自分がなんと短慮《たんりょ》で愚《おろ》かな思考と行動をしていたか痛感したよ。あんなに酷《ひど》いことをした我々に対しても、貴女は慈悲深《じひぶか》く手を差し伸《の》べてくれた。本当に助かった。感謝する」

レオナール殿下の様子を見ていたアランとトリスタンの二人が慌《あわ》てて殿下の横に並ぶように跪いた。殿下よりもさらに頭を低くして声を絞《しぼ》り出す。

「クロエ嬢、貴女を傷つけるようなことをして、本当に申し訳ありませんでした」

「私も女性に対してあのような乱暴なことを……。申し訳ありませんでした」

この二人に関しては、正直なところ一発ずつ殴《なぐ》りたい気持ちがなくもない。

「あら、あのとき、お二人はそれが正義だと思ってらっしゃったのでしょう？」

「それはっ……！」

「っ……！」

「たとえば私が男性で、本当の悪人だとして……」

どう説明したら理解してもらえるか、私は少し考えたあとに言葉を続ける。

「ミレーヌを虐《いじ》めたとしても、貴方《あなた》たちはあのときにしたことを謝罪できますか？」

「それは……」

「……」

やはり何が悪かったのか、根本からは理解できていないのか。

「たとえ罪人でも、公人がきちんとした手続きも踏《ふ》まずに、衆人環視《しゅうじんかんし》の中、私刑のような真似をするということがどういうことかご理解できますか？」

「「……」」

「先ほどミレーヌに手をあげた私が言うのもなんですが、感情に任せて力で他人を捻《ね》じ伏《ふ》せるのは暴力です。将来を担《にな》う王の側近となられる貴方がたが、他人に暴力を振るうなどあってはならないことだと思います。たとえ相手が平民や罪人であろうと、です」

「理解、しました」

「反省します」

「そして殿下、恐《おそ》れながら元国民として意見を申し上げます。僅《わず》かな証言を確たる証拠《しょうこ》と断定なさるのは危険です。今後は専門家の立会いのもと証拠の精査を済ませたのち、然《しか》るべき機関において、被疑者《ひぎしゃ》の罪と刑《けい》を確定されるのがよろしいかと存じます」

「……ああ、肝に銘じる。極《きわ》めて浅慮《せんりょ》な愚行《ぐこう》だったと心から恥《は》じている。二度とこのようなことは行わないと約束しよう。クロエ嬢にはつらい思いをさせて本当に申し訳なかった」

レオナール殿下は真摯《しんし》な面持《おもも》ちで頷《うなず》いた。理解してもらえればそれでいい。冤罪《えんざい》は多くの不幸を生み出しかねないのだから。

私たちの会話を聞いていたリオネルが、ほっとしたように表情を緩《ゆる》めた。そういえば帝国《ていこく》に使者として訪《おとず》れたリオネルに、同じようなことを告げたのを思い出す。帰国してからリオネルなりにこの国の行く末を心配していたのだろう。

「ではお立ちになって」

私の言葉で殿下とアランとトリスタンの三人が一緒《いっしょ》に立ち上がった。

「好きにやってくれ！」

「どうぞお好きに！」

「思い切りやってください！」

レオナール殿下、アラン、トリスタンが立ち上がってすぐに声をあげた。何だろうこの人たちは。揃《そろ》いも揃って目を瞑《つぶ》って歯を食いしばっている。ミレーヌと同じように引っ叩《ぱた》かれたいのだろうか。

マルスラン殿下がなにやら楽しそうに私たちの様子を眺《なが》めている。さらにマルスラン殿下の後ろに控《ひか》えていたエルネストが、嬉々《きき》として一歩足を踏み出した。今日初めて見た笑顔かもしれない。

いやいや、何をするつもりなのか。今にも拳《こぶし》を振《ふ》り上げそうなエルネストを、私は静かに目で制した。私の視線を受けたエルネストがつまらなそうな表情を浮かべて一歩下がる。まったく、油断も隙《すき》もない。

「私はもう手をあげたりはしません！　本当はミレーヌを叩いたことも後悔《こうかい》してるんですから……」

「しかしそれでは我々《われわれ》の気が……」

「それはご自分たちの罪悪感を私で解消したいだけでしょう。迷惑なので、ご自分たちの気持ちはご自分たちで解決なさって。なんなら今後ずっとその罪悪感を抱《かか》えたまま生きていってください。絶対に手をあげたりはしませんからね」

「そうか……。そうだな、すまなかった」

レオナール殿下《でんか》がしゅんと肩を落として答えた。

「殿下、先ほど私がグリモワールの力について会場で申し上げた言葉を覚えておいでですか？」

「ああ、覚えている。グリモワールの力のみに頼《たよ》るのは危険だと」

私は大きく頷いた。

「あれは真実です。国が一個人の力に依存《いそん》しすぎるなど、あってはならないことだというのが私個人の見解です。周囲の協力があればミレーヌの力でも十分に国に貢献《こうけん》できましょう」

「……しかと受け止めよう。しかしグリモワールの正統な継承者《けいしょうしゃ》というのはもしかして」

「国が決めたのならば、正統な継承者はミレーヌです、殿下。それにグリモワールの血筋をなんとしてでも入れたいという王家に、私は入りたくありません」

この国と縁《えん》が切れているからこそ、はっきりと拒否《きょひ》できることだ。私は誰《だれ》にも縛《しば》られないし、利用されない。

「そうか……。婚約《こんやく》を破棄《はき》した私が言うのもなんだが、はっきり言われると結構衝撃《しょうげき》があるものだな」

「ご期待に添《そ》えず申し訳ありません」

「む……。もしかしてリオネルは全《すべ》て知っていたのではないか？　ルブラン公爵《こうしゃく》家を密《ひそ》かに調べていたと聞いたぞ」

いきなり話を振られたリオネルが少し驚《おどろ》いたように目を瞠《みは》ったあと、肩を竦《すく》めて答える。

「全てを存じ上げていたわけではございません。真実を究明したかっただけでございます」

リオネルはそう言ったきり口を噤《つぐ》む。やはり独自に調べていたらしい。

「そうか。お前にも心労をかけたな。全ては俺の落ち度だ。すまん」

「いえ……」

リオネルが答えてすぐに、ミレーヌが一大決心したと言わんばかりに口を開く。

「あの、殿下。お姉さまにされた虐待《ぎゃくたい》というのは実は嘘《うそ》でした。ごめんなさい」

「ああ、それか。それはもう把握《はあく》している。だがミレーヌの口から真実を告げてくれてほっとしたよ。このままだと君のことを永久に信用できなくなりそうだったからね」

「っ……！　も、申し訳ございません！」

「本来ならば王族に虚言《きょげん》など重罪だが、ミレーヌの言葉を妄信《もうしん》してクロエ嬢にあんな仕打ちをする判断をしたのは私だからな。自分が未熟だったのだと、いい勉強になったよ。頼《たの》むからもう二度と嘘は吐《つ》くな」

「はい、肝《きも》に銘《めい》じます……」

ようやく嗚咽《おえつ》が止まって落ち着いたミレーヌが私に向かって告げる。

「謝って許してもらえるようなことじゃないけど、嘘を吐いたのは悪かったわ。許してとは言わない。どんな罰《ばつ》でも受けるわ。……そして庇《かば》ってくれたことは、その、ありがとう」

ミレーヌの「ありがとう」なんて、初めて聞いた気がする。私は思わずフッと笑《え》みを零《こぼ》した。

「貴女《あなた》はそれだけ殿下のことをお慕《した》いしていたんでしょう。もう過ぎたことです。それに、結果的にはこうなってよかったと思っているし……」

「えっ？」

私の言葉の意味があまりよく分からなかったのだろう。ミレーヌが首を傾《かし》げたちょうどそのときだった。コンコンと応接室にノックの音が響《ひび》く。レオナール殿下が入室の許可を出すと、一人の騎士《きし》が入ってきた。

「ルブラン公爵閣下《かっか》がミレーヌさまをお迎《むか》えにいらっしゃっています」

「分かった。通せ」

「はっ」


しばらくして先ほどの騎士に続いてお父さまが応接室に入ってきた。私とは目も合わせないまま、殿下の前で跪《ひざまず》いて深々と頭《こうべ》を垂れた。

「この度《たび》は私の不肖《ふしょう》の娘《むすめ》が大変なご迷惑《めいわく》をおかけいたしましたことを、心よりお詫《わ》び申し上げます」

「ああ、貴殿《きでん》は全てを察しているのだな。ミレーヌも深く反省しているようだから、今回のことは不問とすることにした。それよりもあの窮地《きゅうち》を貴殿のご息女のクロエ嬢《じょう》に救われたことに感謝している。素晴《すば》らしいご令嬢だ。彼女に対するこれまでの数々の無礼を許してほしい」

殿下の言葉に対してお父さまは無表情のまま答える。

「恐れ入りますが、殿下、私の娘はミレーヌ一人のみでございます。そこの娘は勘当《かんどう》しておりますゆえ、私とは何の関係もございません」

　お父さまの言葉を聞いて、殿下がひゅっと息を呑《の》んだのが分かった。お父さまの気持ちは分かっていたけれど、こうして改めて聞くと胸が痛む。もう耳にしたくはなかった。

「其方《そなた》っ、それは……。いや、全ては私が悪いのだ。……だがそもそも、なぜありもしない虐待を使用人ともども証言したのだ？　一体クロエ嬢の何がそんなに……」

「殿下、クロエは我が家に置いておくべき存在ではありません。偽証《ぎしょう》については謹《つつし》んでお咎《とが》めをお受けいたします。けれど全ては身内のこと。クロエの籍《せき》について、どうかこれ以上の追《つい》及《きゅう》はご容赦《ようしゃ》いただけないでしょうか」

「だが……」

「殿下」

　これ以上はもう聞きたくはない。私は不敬を承知で殿下の言葉を遮《さえぎ》った。

「どうか、それ以上は……。私は今のままで構いません。公爵家に戻《もど》りたいとも思いません。ルブラン公爵閣下にはミレーヌさまがいらっしゃればいいのです。今の私に親はおりません」

　私のそんな言葉を聞いてもなお、お父さまは何の感情も表さない。憎々《にくにく》しげに睨《にら》みでもしてくれれば、まだ憎悪《ぞうお》の対象としてでもお父さまの心に存在できているのが分かるのに。

「お姉さま、それは私も妹じゃないってこと!?」

　ミレーヌがキッと睨みながら私に詰《つ》め寄った。嫌《きら》われていると思っていた妹の予想外の言葉に若干《じゃっかん》戸惑《とまど》う。

「ミレーヌ、戸籍《こせき》上はそうなるわね。けれど絶交というわけではないんだし、貴女が望むなら別に私は……」

「駄目《だめ》だ」

お父さまが私の言葉を強く遮って、ミレーヌの手を掴《つか》んだ。

「クロエ、二度と戻らぬようにと申し渡《わた》したはずだ。公爵家の敷居《しきい》を跨《また》ぐことも、ミレーヌや私に近付くことも許さない。今後一切《いっさい》我が家に……グリモワールの血族に関《かか》わるな」

「ルブラン、それはあまりに……！」

レオナール殿下がお父さまに向かって抗議《こうぎ》の言葉を紡《つむ》ごうとしたのを私は静かに遮った。

「公爵閣下。承知しました」

再び言い渡された絶縁《ぜつえん》宣言に胸が裂《さ》けるような痛みがしたけれど、私は一礼をしてお父さまの意思を受け入れた。そしてそのときのお父さまの顔を見る勇気はなかった。

「おいっ、黙《だま》って聞いていればお主！　父親じゃろうが！　それではあまりにクロエが憐《あわ》れじゃ！　クロエが何をしたというのじゃ！　なんとか言え！」

「アン、いいのよ。ありがとう。本当にもういいの……」

「クロエ……」

アンが痛ましげな眼差《まなざ》しを私へと向けた。

アンの抗議など耳に届かないといったように、お父さまは私のほうを見向きもしない。そして何も答えない。

「それでは殿下《でんか》、これにて失礼いたします。また後日ご挨拶《あいさつ》に伺《うかが》います」

お父さまはそう言ったあと、一度もこちらを振《ふ》り返ることなくミレーヌを連れて応接室を出ていった。こんな気持ちになるなら二度と会いたくはなかった。お父さまとはいつからこんな関係だっただろう。もう思い出せない。

一度は完全に関係を絶ったつもりだった。お母さまが亡《な》くなってからというもの公爵家にはつらい思い出しかない。だからこそ家族に対して憎《にく》まないまでも関心などもう残っていないと思っていたのに。私は家族に対する情を捨てることがとうとうできなかったらしい。どう考えても惨《みじ》めだけれど、そんな人間らしい感情が自分の中にちゃんと存在していたことに、どこか安堵《あんど》する気持ちもある。

応接室を立ち去ったお父さまとミレーヌの足音が徐々《じょじょ》に小さくなっていく。私は記憶《きおく》に深く刻み込むように、遠ざかる二人の足音にじっと耳を澄《す》ましていた。

第八章　森へ帰ろう

私たちはそのまま王宮を出て滞在《たいざい》する宿へと帰った。夜会が予定より早く終わったとはいえ、流石《さすが》に疲《つか》れた。その日のうちにアンに乗せてもらって帝都《ていと》へ帰るつもりだったけれど、今夜は宿に一泊《ぱく》することになった。マルスラン殿下がそのほうがいいだろうと言ってくれたのだ。私は周囲に気を遣《つか》わせてばかりだ。

自室で皆《みな》が寝《ね》静《しず》まったあともなかなか寝付けず、こっそり体を起こしてローブを羽織る。気付かれないように不可視魔法《まほう》をかけて、頭を冷やすために夜風に当たろうと一人で宿を出た。そしてひと気のない川沿いへと足を向けた。

王都の街中を通る小さな川の側《そば》まで来て、ゆっくりと瞼《まぶた》を閉じる。頬《ほお》に当たる夜風が気持ちいい。川沿いにある柵《さく》に手を乗せて、道端《みちばた》の街灯を映しながら揺《ゆ》らめく水面《みなも》に視線を向ける。

『私の娘はミレーヌ一人のみでございます。そこの娘は勘当しておりますゆえ、私とは何の関係もございません』

『クロエ、二度と戻らぬようにと申し渡したはずだ。公爵《こうしやく》家の敷居を跨ぐことも、ミレーヌや私に近付くことも許さない。今後一切我が家に……グリモワールの血族に関わるな』

頭の中で何度も繰《く》り返されるお父さまの言葉。——分かっていた。割り切っていたはずなのに、どうしようもなく心が乱れる。地味に装《よそお》っていたことも、家族と深く関わらないように過ごしてきたことも、全《すべ》ては自分が意図してやったことだ。それを今さらグダグダと悔《く》やむことに何の意味がある。

お父さまとて、元々私を嫌っていたわけではないはずだ。それなのにお母さまが亡くなってしばらくしてから、お父さまは変わってしまった。私がお母さまを暗殺した首謀者《しゅぼうしゃ》を捜《さが》そうと躍起《やっき》になっていることがばれてお父さまに強く咎められた。「余計なことをするな」と。そのころからお父さまとも使用人たちとも、徐々に距離《きょり》ができ始めた気がする。

「ふっ、うっ……」

人のいる所では涙《なみだ》を堪《こら》えた。たとえ心を許した仲間たちの前であっても。私が泣けば優《やさ》しい友人たちに心配をかけてしまう。昔から私は誰《だれ》かの前で涙を流すことができない。お母さま以外の前では誰も。

いくら距離ができようと、私にとってお父さまは今やたった一人の親である。愛されていないことを再確認《さいかくにん》して、胸が引き裂かれそうな気持ちになった。お父さまの気持ちがどうあれ、結局のところ、私はお父さまを愛しているのだ。

覚悟《かくご》が足りていないのか。お母さまを殺した者を見極《みきわ》めるために、全てを捨てると決めたではないか。捨てられたように感じたとしても、その実、他人と繋《つな》がる糸を自ら断《た》ち切ってきたのだ。責められるべきはお父さまじゃない、自分だ。

頭では分かっているけれど、心がどうしようもなく軋《きし》むのだ。痛くて堪《たま》らない。こうして一人になったときに抑《おさ》え込んでいた気持ちを解放しないと、心がどうにかなってしまいそうだった。

私が口を両手で覆《おお》ったまま声を殺して涙を流していると、突然《とつぜん》背後から声をかけられた。

「クロエ」

誰にも気付かれずに散歩に出たつもりだった。それなのに……、

「エルネスト……。どうして……」

慌《あわ》てて涙を拭《ぬぐ》いつつ背後を振り向いて声の主を確かめると、そこにいたのは、いつもの氷のごとき冷ややかな雰囲《ふんい》気《き》が完全に鳴りを潜《ひそ》め、ふわりと温かく包み込むような眼差しを私に向けてくるエルネストの姿だった。

戸惑《とまど》う私に向かって、エルネストは優しげな笑《え》みを浮《う》かべる。

「一人で外出しようとしているのに気付いて追ってきた」

「不可視魔法をかけてたのに、よく分かったわね」

「俺は鼻が利《き》くし……クロエの匂《にお》いは間違《まちが》えないからな」

私の体はそんなに匂うのだろうか。少しショックだ。それはともかく、今は放《ほう》っておいてほしい。

「ごめんなさい、今は一人でいたいの」

「そういうわけにはいかない。俺はクロエの護衛だからな」

「私は大丈夫《だいじょうぶ》だから、お願い……」

――どうか一人にしておいてほしい。そう言うつもりだった。けれどエルネストは私の言葉を遮《さえぎ》る。

「一人きりで泣かせるなんてできるわけない」

「っ……！」

慌てて涙を拭ったつもりだったのだけれど、ばれていたみたいだ。ばつが悪くて瞬間《しゅんかん》言葉を失ってしまう。

「邪魔《じゃま》したのは悪い……。でも放っておけなかった。きっと君は一人きりで泣くんだろうと思ってたから」

「エルネスト……」

嬉《うれ》しい――胸の中に生じたのは、自分でも意外な感情だった。誰かに頼《たよ》ったり、相談したりすることが、私にはできない。だから苦しくなると、いつも一人になって持て余す感情を吐《は》き出していた。

誰にも気付かれないように気を付けていた。自分から隠《かく》れていたくせに、誰かに気付いてもらえたことがこんなに嬉しいなんて……。

「私のことで心配をかけてごめんなさい。でも、もう大丈夫だから」

「不器用だな……」

「え……」

「そんなクロエだから放っておけないんだよ」

不器用、なのだろうか。自分では意識したことがなかった。これまで一人でもうまく立ち回ってきたつもりだし、誰にも迷惑《めいわく》などかけていないつもりだ。エルネストの言っている意味がよく分からない。

「そう、かしら……」

「甘えるのが下手《へた》で、非情に徹《てつ》しているつもりで実は情に脆《もろ》くて、なんでもそつなくこなす癖《くせ》に自分の感情の処理は下手くそで」

随分《ずいぶん》な言い様だ。とはいえ、否定はできない。きっとその通りなのだろうと思うから。

幼いころは誰も信用できないと思っていたから、心の内を見せたくなかったというのも確かにある。けれどそれ以上に自分の目的のために、周囲を巻き込みたくはなかった。私がやろうとしていたことは、危険なことだと分かっていたから。

「本当は誰よりも優しくて、他人のために自分を摩《す》り減らす……。そんな子なんだよな、君は」

「そんなことない！　私は自分の目的のために、大切なものを平気で切り捨てる人間よ。そんなに優しくしてもらう価値なんてないの！」

思わず強い口調で反論してそのまま顔を背《そむ》けた。

誰にも理解してほしいなんて思っていない！　この孤独《こどく》も憎《にく》しみも、全て私だけのものだ。こんな醜《みにく》い感情で優しい友人たちを傷つけたくない！

(これ以上私を惑《まど》わせないで！　どうか私のことは放っておいて！)

ずっと我慢《がまん》していた感情が弾《はじ》けそうになって、張り裂けんばかりの胸の苦しみに堪えきれず、エルネストにそう告げようと口を開いた。けれど心の叫《さけ》びを口にすることは叶《かな》わなかった。

(えっ……？)

次の瞬間、エルネストに抱《だ》き寄せられていたのだ。エルネストが私の後頭部に回した手で自分の胸に私の頬を寄せる。そしてそのまま私の髪《かみ》に口づけをするように顔を寄せながら告げる。

「クロエ。自分に価値がないなんて言うな。俺たちにとって……俺にとって、君はとても大切な人なんだ。それに平気なんかじゃないだろう？　そんなに傷ついて……」

そう囁《ささや》くエルネストの声は、まるで何かを堪えるかのように苦しげだった。なぜエルネストがつらそうにしているの？　……私のせい？

エルネストが私の代わりに悲しんでくれている。――そう感じたことで、私が心の中に築いていた堰《せき》は、押し寄せてくる感情にもはや耐《た》えきることができなかった。

「ううっ……！」

私はエルネストの胸の中で声を殺して泣いた。エルネストが着ていた白いシャツの胸元《むなもと》が私の涙でぐしょぐしょに濡《ぬ》れていく。エルネストはそんな私の頭を、黙《だま》って優しく撫《な》でてくれた。

自分が遠ざけた人たちに冷たくされて悲しくなるなんて、なんて滑稽《こっけい》なのだろう。誰かを傷つけるくらいなら、忘れられたほうがましだと思っていた。

自業自得《じごうじとく》なのに、それでもどうしようもなく悲しいのだ。愛している。誰も傷つけたくなかったの。こんな私をどうか許して。

次々と溢《あふ》れ出てくる矛盾《むじゅん》だらけの感情が、言葉にならず涙となって零《こぼ》れ続けた。ただひたすらに泣いた。それでもエルネストは何も聞かず、ずっと黙って私を包んでくれていた。

エルネストの胸はとても温かかった。母が亡《な》くなってからというもの、これまでこうして誰かの胸で泣いたことがあっただろうか。


三十分ほど泣いて、ようやく涙が止まった。それでも嗚咽《おえつ》が止まらず、目を瞑《つぶ》ったままエルネストの胸を借りて凭《もた》れていた。……まるで赤ん坊《ぼう》のように。

「ごめんなさい……」

「気にしなくていい」

「一人で大丈夫なんて偉《えら》そうなことを言っておきながら……呆《あき》れたでしょう？」

「いや、嬉しかった」

意外な言葉に驚《おどろ》いて、エルネストの胸に寄せた頬《ほお》を離《はな》して、私を見下ろしている優しい顔を見上げた。

「……どうしてそんなに私に優《やさ》しくしてくれるの？」

　不思議だった。私は友人たちにすら一定の距離《きょり》を置いて接していたはずだ。友人たちが私との間に壁《かべ》を感じていても不思議ではないはずなのに、エルネストは私の心の内側にぐっと踏《ふ》み込んでくる。

　拒《こば》んでいたはずなのに、それが全く嫌《いや》ではなかった。むしろ嬉しかった。けれど、なぜわざわざ私なんかに、そのような面倒臭《めんどうくさ》いことをするのか分からない。

「君に名前を呼ばれるだけで嬉しい。君の笑顔を見ると胸が温かくなる。君が気持ちを押し殺していると思うと苦しくなる」

「……」

「俺にとって君は特別みたいだ。大切にしたいのに、君は放っておいたら一人だけで苦しんで、何でも自分一人で解決しようとする」

「特別……」

　エルネストの言葉がとても大切なことを伝えているような気がした。けれど今の私の心は理解することを拒んでいる。

　戸惑う私の目を見てエルネストがゆっくりと顔を近付けてきた。ああ、私はこの人を……。咄嗟《とっさ》に目を閉じた私の唇《くちびる》に、何か温かく柔《やわ》らかいものが優しく触《ふ》れる。

「好きだ、クロエ。何よりも、誰《だれ》よりも」

「あ……」

エルネストは私の戸惑いを、まるで全《すべ》て分かっていると言わんばかりに苦笑《くしょう》する。そんなエルネストの表情を見て、ぎゅっと胸が締《し》め付けられた。

「君を見ていると、まるで……」

エルネストは一度言葉を飲み込んだあとに、話を続ける。

「まるで自分を見ているみたいだ。一人ぼっちで前を向いて真っ直《す》ぐに立っている。遮るもの全てに抗《あらが》って、体が傷つくのも構わずに目的に向かって突《つ》っ走る。躱《かわ》すことも身を守ることもしない。ひたすら愚直《ぐちょく》に、不器用に……」

「……」

「クロエ。一人で苦しまないでほしい。……いや、苦しむのなら、君の痛みを俺に分けてくれないか。どんなに格好悪いことでも受け止めるから。もし話せなくても頼《たの》むから一人で泣くな。俺の胸で泣いてくれ」

「エルネスト……」

エルネストは私の目を真っ直ぐに見て、フッと優しく微笑《ほほえ》む。

「君の過去を初めてちゃんと聞いたとき……」

「……私がサンドイッチを持っていったとき？」

「うん。あのときにね、決して幸せとはいえない幼少時代を送っていたのに、歪《ゆが》みも澱《よど》みもなく真っ直ぐに前を向いて立っている君が、とてつもなく眩《まぶ》しかった」

「そんな立派なものじゃないわ……」

「そんなことはないさ。幼いのに自分の足で凛《りん》と立つ君を想像して、健気《けなげ》だと思った」

エルネストにお母さまのことを話したことはなかった。アンとハルには話しているけれど、私が祖国を離れた本当の目的を、エルネストは知らない。それでも私に口にできない事情があることを察してくれていたのだろう。これまで何も聞かないでいてくれた。

エルネストのことを警戒《けいかい》しているわけじゃない。心などとうに許している。話す機会がなかっただけで。だからエルネストには聞いてほしかった。私の全てを。

「……あのね、私の母は幼いころに誰かに毒殺されたの。首謀者《しゅぼうしゃ》が直接手を下したのか、それとも誰かにやらせたのかは分からない。だけど私はどうしても母を殺した者を見つけ出したかった」

幼いころに私の身の上に起こった話を、エルネストに全て打ち明けた。私の目的も。

首謀者を見つけ出したあとにどうしたいのかは、今でも分からない。復讐《ふくしゅう》したいと思ったことはある。どこかでのうのうと生きているであろう、お母さまを殺した者に対する並々ならぬ憎悪《ぞうお》が、私の心の奥に深く根付いている。

どんな形であれお母さまを殺した罪を贖《あがな》わせたい。そうしないとお母さまの魂《たましい》が救われない。そんな強い思いだけで、この八年間をなりふり構わず生きてきたのだ。私の抱《いだ》いている思いを飾《かざ》らずそのまま告げると、エルネストは私の頭を優しく撫でた。

「そんなにきついことを、幼い君はたった一人で抱《かか》え込んできたんだな。……よく頑張《がんば》ったね」

「っ……！　いっ、今はアンとハルがいるから一人じゃないわ。……マルスラン殿下《でんか》も、それに貴方《あなた》もいるし……」

「そうだな……。だけど君の涙《なみだ》を見るのは俺だけでいい」

「エルネスト……」

まるでやきもちを焼いているかのようなエルネストの言葉を聞いて顔が熱くなる。エルネストは私の苦しみまで抱え込もうとしている。

私のことを自分みたいだと言った。もしかして……、

「エルネストも、苦しんだの？」

「まあ、そうだな……。だけど君ほどじゃないよ」

そう言って優しく微笑んだ。私はもっとエルネストのことを知りたい。そう思って恐《おそ》る恐る尋《たず》ねてみた。

「ねえ。貴方の過去のこと、聞いてもいい？」

「ああ、構わないよ。君は全て話してくれたんだ。断る理由なんてないさ。全て話すよ」

「ありがとう……」

「……これは俺がこの国で殺され損《そこ》ねる前の話だ」

「黒き、魔女《まじょ》に？」

「……ああ」

エルネストを殺そうとした女――エルネストはその女を黒き魔女と呼んでいる。エルネストが今でも憎《にく》み続けているその魔女はグリモワールの使い手で、私とそっくりな顔をしていたという。かつて聞いたその話を思い出して、苦々しい感情が胸に広がる。

そんな私に、エルネストはぽつりぽつりと自分の過去を話し始めた。

「俺はこのブリュノワ王国の先王の側室の息子《むすこ》として生まれた」

先王の側室の息子ということはまさか……、

「王弟……殿下ってこと？」

ブリュノワの王弟……。あまりにも予想外な告白の内容に驚いてしまう。初めて会ったときから感じていたどこか高貴な立ち居《い》振《ふ》る舞《ま》いを見て、エルネストが高位の貴族だったのではないかと予想はしていた。けれどまさか王族だったなんて……。驚く私に向かって、エルネストが苦笑しながら頷《うなず》く。

「第四王子だった。俺が幼いころには現王もすでに立太子を済ませていたし、俺は現王とは十五歳も年が離れていた。イベールというのは、今は没落《ぼつらく》して存在していないが、母方の姓《せい》なんだ」

「それでエルネストは変装を……」

今回の婚約披露《こんやくひろう》パーティーへの参加にあたって、エルネストはブリュノワに入る前に髪《かみ》の色を変えていた。変装用の魔道具によって黒髪を金髪《きんぱつ》へと変化させていたのだ。以前、ブリュノワで殺されかけた過去をマルスラン殿下から聞いていたから、それだけが理由だと思っていた。

「ああ。この国を出たのは十年も前の幼いころだ。あのころとは外見も随分《ずいぶん》と変わったし、髪の色を変えただけでも俺だと分かる者はいないだろうと思ったんだ」

「そうだったの」

「うん。……あのころ、王位継承《けいしょう》順位が低かった俺は、特に何のしがらみもなく平和に過ごしていた。あの事件までは」

「事件？」

「現王……当時の王太子が建国祭の祭りで挨拶《あいさつ》をするときに、過激派である反王勢力の暴漢が突如壇上《とつじょだんじょう》に上がって襲《おそ》い掛《か》かってきたんだ。当時十歳だった俺は、あのとき王族の一人として王太子のすぐ後ろに立っていた。危機に気付いた護衛の騎士《きし》がすぐに動いたが間に合いそうになくて、頭で考えるより先に、俺は王太子を守るために氷魔法を発動した。その結果俺が暴漢を退ける形になったんだ」

「十歳で暴漢を……」

純粋《じゅんすい》に兄を守りたかっただけなのだろう。それにしても幼い少年がたった一人で暴漢を撃退《げきたい》するなんて。咄嗟の判断力や大きな魔力はもとより、幼いながらも自分よりも大きな悪漢に立ち向かおうとするエルネストの勇敢《ゆうかん》な心に感心してしまった。

「暴漢を撃退したことで、俺の魔力の大きさが王侯《おうこう》貴族に知れ渡《わた》ってしまった。王位継承争いからは完全に外れていたから、子どもだった俺にはそれが何を意味するのかすぐには分からなかった。だが立太子がすでに済んでいたとはいえ、あまり主体性のなかった当時の王太子は、周囲に優秀《ゆうしゅう》な男という評価をされていなかった」

　現国王が重鎮《じゅうちん》たちの意のままに動く傀儡《かいらい》の王だということは、幼いころに母を殺した者を探《さぐ》る過程で知り得た事実だ。私から見たブリュノワの現王は、良くも悪くも極《きわ》めて平凡《へいぼん》な人物という印象だった。

「側室の中でもおっとりした性格の母の立場は、後宮では最も弱かった。そんな母を守るために必死で学問や剣《けん》の練習に励《はげ》んでいたんだ。そして生来魔力も高くて幼いころから強力な魔法を使いこなせた。だが、まさかそれが仇《あだ》になるとは思いもしなかったよ……」

「継承争いに巻き込まれた……？」

「ああ。俺は一部の貴族に王になれと囁《ささや》かれはじめた。王太子は国王に相応《ふさわ》しくないと言ってね。当然そんな言葉には全く取り合わなかった。俺は母を守れればそれでよかったから。だが今思えば、もっと要領よく立ち回っておけばよかったと後悔《こうかい》しているよ。王太子を傀儡の国王にしたい貴族たちにとっては、王に推《お》され始めた俺が相当目障《めざわ》りだったらしくてね。十年前、俺が十三歳の誕生日を迎《むか》えてすぐに母が毒によって暗殺されたんだ」

「そんな……！」

そういえば聞いたことがある。現王が即位《そくい》する前に先王の側室の妃《きさき》が亡《な》くなった話を。彼女がエルネストの母親だったなんて……。なんて惨《むご》い。

殺された側妃さまとお母さまの存在が重なって、涙が出そうになる。たった一人取り残されたエルネストはどんなに孤独《こどく》だっただろう。何が何でも守ろうとしていた母親が殺されたのだ。

当時のエルネストの気持ちを想像すると、その憎しみも悲しみも計り知れないものがある。

「俺はすぐに先王に訴《うった》えたよ。母を殺した者を捜《さが》したいとね。だが余計なことをするなと咎《とが》められた。今思えば、父王は俺を危険に晒《さら》したくなかったんだろう。俺には甘い人だったからね……。だから俺は密《ひそ》かに母を謀殺《ぼうさつ》した者を探り始めた。だが動き始めて間もなく、王家の夜会を欠席した夜に俺の私室に刺客《しかく》が忍《しの》び込んだ。それが以前君に話した黒き魔女だ」

「グリモワール使いの……」

以前お母さまに聞いたことがある。グリモワールの力を持つ者は特定の勢力に与《くみ》すべきではないと。けれどそれはあくまでお母さまの主義の話だ。

他のグリモワール使いがその力を使って犯罪に手を染めることがあってもなんら不思議はない。私たちの血族は、自分の力を秘匿《ひとく》してお互《たが》いに干渉《かんしょう》しない。極めて繋《つな》がりの薄《うす》い一族なのだ。

私の顔によく似たグリモワール使い——黒き魔女がお母さまではないと、私には断言できる。けれど、同族の人間がエルネストを殺そうとしたかもしれない。その事実が私の肩《かた》に重くのしかかる。

「クロエ、君が気にすることじゃない。その女が君でないことはもう分かっている。君という人間を知った今、疑う気持ちなど欠片《かけら》もないよ。それにあの魔女がグリモワールの血族であっても、君には何の関係も責任もない」

「エルネスト……」

「顔の造りは君と似ているけど、纏《まと》う雰囲気《ふんいき》が全く別物だ。あの女の笑《え》みは、限りなく冷酷《れいこく》で残忍《ざんにん》だった。覚えているのは流れるような銀の髪に緋色《ひいろ》の瞳《ひとみ》、全身に黒いドレスを纏った姿と、死に掛けている俺に向けられた慈悲《じひ》なき嘲《あざけ》るような邪悪《じゃあく》な笑みだ」

「黒いドレス……」

黒の書を行使する母と自分の姿を思い出す。けれどエルネストを殺そうとした者が、黒の書持ちのはずがない。十年前、黒の書を持っていた者はお母さまと私だけだ。

「外見は見たこともないほどに美しい女だったよ。だがその本質は、人間らしい情など欠片も感じられない悪魔そのものだった。奴《やつ》を差し向けた者は、俺が即位する可能性を万に一つも残したくなかったんだろう。母と俺の存在を消して、何の憂《うれ》いもなく王太子の地位を盤石《ばんじゃく》なものにしたかったんだと思う」

「なんて酷《ひど》い……」

「あの女は俺に向かって『彼女と同じように楽に殺してあげるから安心してね』とそう言ったんだ。俺は頭に血がのぼった。こいつが母を殺したんだと確信したからだ」

「貴方《あなた》のお母さまを!?」

「ああ。だからこそ俺は死ぬわけにはいかなかった。いつかこの手で復讐《ふくしゅう》を果たさなければいけない。そう考えたんだ。必死で抗《あらが》ったよ。だが、いくら強い魔力を持つといっても所詮《しょせん》は子どもだ。あの女の前に呆気《あっけ》なく膝《ひざ》をつく羽目になった。俺も必死だった。奴の一瞬《いっしゅん》の隙《すき》をついて、三階のバルコニーから外に飛び降りたんだ」

なんて悲惨《ひさん》な出来事だろう。母親を殺した者を捜そうとしていた矢先に、自分が殺されかけたのだ。十三歳の少年にとってはあまりに過酷《かこく》だ。

「奴は俺を追ってきた。俺は残り少ない魔力を逃走《とうそう》することのみに駆使《くし》して全力で走った。満《まん》身創痍《しんそうい》だったけど、ボロボロの状態でなんとか国境を越《こ》えて帝国《ていこく》へ入ることができた。そして力尽《ちからつ》きて倒《たお》れたところをラビヨン伯爵《はくしゃく》に助けられたんだ。俺は数日生死の境を彷徨《さまよ》っていたらしい。助かったのは奇跡《きせき》だと、目覚めたあとに伯爵が教えてくれたよ」

「そうだったの……。貴方のお母さまは本当にお気の毒だと思うけれど、それでも貴方が生きていてくれて本当によかった……」

「クロエ……」

　本当によかった。生きていてくれたからこそ、こうしてエルネストと出会うことができたのだ。今ばかりは神に感謝したいくらいだ。目の前の愛《いと》しい人を奪《うば》わないでいてくれてありがとうと。

「それにしても、貴方を殺そうとした女は、今でも貴方が死んだと思っているのかしら……」

「どうだろうな。遺体を確認《かくにん》できなかったわけだし、しくじったと思っているかもな」

「……もし今日の夜会に暗殺に関《かか》わった者が参加してたら、エルネストが王弟だと気付かれた可能性が高いんじゃ……」

「それは大丈夫《だいじょうぶ》だと思う。俺の容姿もだいぶ変わっているし、十年も前のことだ。それに、仮にそうだとしても、今の俺は帝国にいるわけだし、クーデターでも起こさない限り、王国が転《てん》覆《ぷく》することはないだろう。今さら他国の要人に手を出して、過去の暗殺未遂《みすい》の事実が明るみに出るリスクをわざわざ冒《おか》すとは思えない。それに……」

「それに？」

「もし仮に再び襲われたとしても、俺はもう奴にもこの国にも屈《くつ》することはない。返り討《う》ちにしてやるよ」

　そう言い放って、エルネストが不敵に笑った。確かに今のエルネストと戦って勝てる者などそうはいないだろう。

（頼《たの》もしくて格好いい……）

そう思った途《と》端《たん》頬《ほお》が熱くなってきたので、慌《あわ》てて不埒《ふらち》な感情を振《ふ》り払《はら》った。

「そうね。エルネストはとても強いもの。絶対に負けないわ。それにそのときは私も貴方と一《いっ》緒《しょ》に戦うから」

「いや、それは……。もし敵がグリモワールの血族だったら、同族に対して君に刃《やいば》を向けさせることになる」

心配そうな目を向けるエルネストに、私はかぶりを振って答えた。

「貴方は私にとって血族よりも大切な人なの、エルネスト。大切な人に危害が加えられるのを、黙《だま》って見ていることなんてできるわけないじゃない」

「クロエ……。ありがとう。君を元気づけるつもりだったのに、慰《なぐさ》められてしまったな」

「ううん」

私はエルネストのサファイアブルーの瞳を真っ直《す》ぐに見つめて告げた。

「私の心を救ってくれてありがとう、エルネスト。私にとっても貴方は特別な人よ」

そう告げた私に、エルネストは少し驚《おどろ》いたあと、照れたように笑った。

「昨夜はお楽しみじゃったようじゃの」

「なっ、何っ！　子どもがなんてこと言うんですかぁっ」

朝起きたあと、アンから開口一番に告げられた言葉に、思わず声が上ずってしまった。別に後ろめたいなんて思う必要はないのに、喋《しゃべ》り方まで変になってしまったではないか。朝からなんてことを言うのだろうか、この子は。

「儂《わし》はこんななりじゃが、子どもではないんじゃがのう……」

「え、なになに。クロエさま、とうとう？」

ハルまで身を乗り出して、目をキラキラさせながら尋《たず》ねてきた。「とうとう」何だというのだ。一体何を想像しているのだか、まったく……。

「アンもハルも何を想像しているのか知らないけど、夜風に当たりながら話していただけよ。エルネストは仲のいい友人なんだから、何もおかしくはないでしょう？」

「友人の距離《きょり》感《かん》かぁ？　あれがぁ？」

「えっ、そんなにぃ？」

「昨夜のクロエとエル蔵といったらもう……」

「ちょっと待って！　もしかして覗《のぞ》いてたの!?」

瞬間顔がカッと熱くなってしまって、アンの言葉を遮《さえぎ》って慌てて問い詰《つ》めた。昨夜のことを思い出し、あのとき少しだけ触《ふ》れた唇《くちびる》が俄《にわ》かに熱を帯びる。そんな私にアンがニヤリと笑って答える。

「そんなわけあるか。儂はお主とエル蔵の居場所くらい感知できるわ。……そうか、うんうん。よかったな、クロエ」

「えー、マジかぁ。クロエさま、とうとう……。あのスケベ男めぇ」

「……何が……もう。朝から何を言ってるのよ」

どうやら鎌《かま》をかけられたらしい。何やら納得《なっとく》したように嬉《うれ》しそうに微笑《ほほえ》みながら何度も頷《うなず》くアンと、勘違《かんちが》いしたまま悪態をつくハルを見て、これ以上言葉を重ねても悪ノリを助長させるだけだと諦《あきら》めた。大きな溜息《ためいき》を吐《つ》いて昨夜のことに思いを馳《は》せる。

エルネストは一人でめそめそと泣いていた格好悪い私を見つけて、優《やさ》しく手を差し伸《の》べてくれた。そして「一人で泣くな」と言ってくれた。嬉しかった。エルネストは私の卑屈《ひくつ》な心を救ってくれたのだ。

エルネストの前でわんわん泣いてしまった。恥《は》ずかしい……。だけどもう手放せない。私の大切な……特別な人。

(この気持ちは誰《だれ》にも言えない。……大切な、宝物のような私だけの秘密)

心に芽生えた温かな感情に名前を付けるのは躊躇《ためら》われた。認めるのが怖《こわ》かった。

これから私は目的のために自ら危険に飛び込もうとしている。だから誰のことも縛《しば》りたくない。この先、自分の身に何が起こるかも分からないのだから。

けれど今だけでいい。いつかエルネストに大切な人ができるまででいい。我が儘《まま》かもしれないけれど、それまではエルネストの胸を借りたい。飾《かざ》らないありのままの自分を受け入れてほしい。


「エル、昨夜クロエと会ってたの？」

マルスはどうやら、夜に俺が部屋から消えたことに気付いていたようだ。なぜクロエと一緒だったことまでばれているのか分からないが、別に隠《かく》すことでもない。ただ、クロエの気持ちを思えば何をしていたかを言うのは憚《はばか》られる。

「……ああ。俺の過去を話した」

「ほお。それで、彼女は何だって？」

「驚いてたよ」

出会ってしばらくして信頼《しんらい》できる友人としてのつきあいが始まったときに、マルスには俺の過去のいきさつを全《すべ》て話してあった。

「まあ、そうだろうな。……でも、なんだって急に話す気になったんだ？」

「それは……」

俺は言葉に詰まった。クロエが泣いていたことを言いたくなかった。クロエが知られたくないだろうと思ったから……という理由だけじゃない。俺がクロエの泣き顔をマルスに想像させたくなかったという気持ちが大きい。

「ああ、言いにくかったら無理に言わなくていいよ。むしろあんまり聞きたくないかな」

マルスが苦笑《くしょう》しながら告げた「聞きたくない」という言葉に、マルスのクロエへの気持ちを僅《わず》かに垣間見《かいまみ》た気がした。きっと友人としてだけではなく一人の女性として見ているのだろう。

俺は焦燥感《しょうそうかん》とほんの少しの後ろめたい思いを抱《いだ》きながら表情に出さないよう答える。

「……別に疚《やま》しいことはしてない」

「そんなの分かってるよ。お前は本気になった女性には、超《ちょう》が付くほどの奥手だろうからな」

「なんで……」

本気の恋愛《れんあい》感情を持ったことのない俺のことが、どうしてマルスに分かるのだろう。今までだって恋愛経験がないわけじゃない。だがこれほどまでに相手を大切にしたいと思ったことは一度もない。これまでに経験した感情とは全く違う。俺の中でクロエは、俺が囚《とら》われてきた復讐《しゅう》よりも大切だと思える存在になってきていた。

「クロエに対するエルの態度を見てたら分かるよ」

マルスが肩《かた》を竦《すく》めて苦笑した。

気付いたのはきっとマルスよりも後だが、クロエは俺の唯一《ゆいいつ》の人だ。笑顔《えがお》を曇《くも》らせる全てのことから、クロエを守りたいと思う。マルスや他《ほか》の男がクロエに触《ふ》れると、ものすごく不愉快《ふゆかい》な気持ちになる。ありのままのクロエを知る人間は俺だけでいいと考えてしまう。クロエを理解する人間は多いほうがいいに決まっているのに、俺だけがその立場でいたいという我欲《がよく》がある。利己的で愚《おろ》かな思いだと分かっているが、どうにも制御《せいぎょ》できない。昨夜だってクロエの震《ふる》える唇を見てしまったら堪《たま》らなくなってつい……。

（だが俺のことを特別な人だと言ってくれた）

この狂《くる》おしいほどの独占欲《どくせんよく》をクロエにぶつけて傷つけたくはない。今はクロエの心の負担にならないように、望まれたときだけ側《そば》にいられればいい。望まれるのが俺だけならば、なおいい。今はそれでいい。いつか全てが片付いたら……。

そこまで考えたとき、マルスの言葉で現実に引き戻《もど》される。

「それじゃ、そろそろ準備を始めようか」

「ああ、そうだな」

俺たちは帰国の準備を済ませたあと部屋を出て、クロエたちと落ち合った。クロエは俺の顔を見て恥ずかしそうに笑った。

（ちょっと待て。勘弁《かんべん》してくれ。可愛《かわい》すぎる……！）

これまでとは明らかに違う少女らしい無垢《むく》な微笑みに、心臓が跳《は》ね上がった。俺は顔が緩《ゆる》みそうになるのを懸命《けんめい》に堪《こら》えながら、笑顔で応《こた》えた。

ロクな思い出のないこの国からようやく帝国《ていこく》へと戻れる。俺たちはアンジェリク殿《どの》の背中に乗って帝国へと帰ることにした。

ブリュノワ王国から帝国へ戻って一週間。皇宮の一室で十分に休養を取らせてもらった。そろそろ出発しなければ――私はそう考えてマルスラン殿下《でんか》に謁見《えっけん》を申し出た。

謁見に臨《のぞ》んだ私に、マルスラン殿下が寂《さび》しそうな微笑みを向けて告げる。

「私としては、君にはずっとこの国にいてもらっても構わないんだけどね」

「ありがとうございます。けれど私にはやらなければいけないことがあるのです。お気持ちだけありがたく受け取らせていただきます」

「クロエ、君は悲しいくらいに誇《ほこ》り高い。だけど前にも言った通り、君が森に帰るならエルネストを護衛につけるからね」

婚約披露《こんやくひろう》パーティーへの同伴《どうはん》が決まったときに、マルスラン殿下に言われていたことだ。けれどエルネストにはエルネストの居るべき場所があるはずだ。

「マルスラン殿下、大変ありがたいお申し出ですが、これ以上彼に迷惑《めいわく》をかけるわけにはいきません」

エルネストとは一緒《いっしょ》にいたい。けれどこれから私が突《つ》き進む道程の危険さを考えると、エルネストを巻き込むのは憚られた。

「俺は大丈夫《だいじょうぶ》だ、クロエ」

マルスラン殿下の横に立っていたエルネストが、真剣《しんけん》な眼差《まなざ》しを真っ直《す》ぐに私に向けて口を開いた。

「エルネスト……」

「たとえマルスが反対したとしても、俺は君についていく。俺の知らない所で君が危険な目に遭《あ》うなんて考えたくもない。だからどうか俺が側にいることを受け入れてほしい」

「でも、私も貴方《あなた》を危険な目に遭わせたくはないのよ……」

「クロエ……」

エルネストのサファイアブルーの瞳《ひとみ》からは、何と言われようが絶対に引かないという強い熱意が感じられる。どう説得したらいいのだろう。

エルネストに分かってもらうための言葉を探していたところで、マルスラン殿下が咳《せき》ばらいをしながら言葉を挟《はさ》む。

「ン、ンンッ！　……あー、いい雰囲気《ふんいき》のところを悪いけど、エルネストにだって覚悟《かくご》があるんだよ、クロエ。無論、私にもだ。君が優しさから断ろうとするのは予想していたけど、こればかりは聞き入れられない」

「殿下……」

「そういうことだ、クロエ。諦《あきら》めてくれ」

エルネストがニコリと笑いながらマルスラン殿下のあとに言葉を続けた。

「……承知、しました」

「ありがとう、クロエ。無理を言って悪かったね」

「そんな……」

私が承諾《しょうだく》すると、マルスラン殿下が嬉《うれ》しそうに頷《うなず》いた。

悪いのはこちらなのに。エルネストという帝国にとっての大きな戦力を、危険を承知で私なんかのために差し出してくれるのだから。申し訳ない気持ちでいっぱいになっているところに、エルネストが告げる。

「クロエに負担はかけない。前にテントを張っていた森の草地を拠点《きょてん》にするから、君を煩《わずら》わせることはない。俺のことは気にせずに普通《ふつう》に過ごせばいい」

「駄目《だめ》よ、そんなの！」

黄泉《よみ》の森は元々凶悪《きょうあく》な数多《あまた》の魔物《まもの》が徘徊《はいかい》する森だ。しかもエルネストが拠点にしていたのはアシッドエイプの縄張《なわば》りの一部だった場所だ。

そもそもいつまで縛《しば》ってしまうことになるか分からないのに、そんな危険な森の中で野営などさせるわけにはいかない。

「森にある私の家は部屋が余っているから、エルネストにはそこに滞在《たいざい》してもらうわ。野営なんてとんでもない」

私がそう言うと、エルネストが慌《あわ》てたように反論する。

「それは駄目だ！　俺のような男が未婚《みこん》の女性の家に滞在するなど、君の外聞に関《かか》わる！」

「私の外聞なんてすでに地に落ちてるから大丈夫よ。どん底だから何の心配もないわ。それにハルとアンも一緒だしエルネストのことは信用しているから」

「俺を信頼してくれるのはありがたいが、だけど、うーん……。……ありがとう。君さえよければ、お言葉に甘えさせてもらうことにするよ。とても助かる」

　エルネストは少し悩《なや》んだようだけれど、なんとか了承《りょうしょう》してくれた。私のためにわざわざ森まで来てくれるエルネストを野営させずにすんで安堵《あんど》した。

　さあ、いよいよ森へ帰ろう。これからもいろんな困難が待ち受けているだろう。だけど私には仲間がいる。ハル、アン、マルスラン殿下。そして……。

「クロエ、これからは俺が君を守る。君を害する全《すべ》てのことからだ。側にいることを許してくれて、ありがとう」

「ううん、ありがとう。私も貴方を守るわ。いつまでかかるかは分からないけれどよろしくお願いします」

「こちらこそよろしく。いつか全てが片付いて落ち着いたら……」

「え……？」

「いや……君の幸せを心から願う。できることならそのとき俺もともに……」

私にも未来を夢見ることが許されたそのとき、私も貴方と一緒にいられたらと心から願う。

そんな気持ちを胸にそっと閉じ込めて、私はエルネストに向かって心からの笑《え》みを浮《う》かべた。

あとがき

読者の皆《みな》さま、初めまして。春野《はるの》こももと申します。

この度《たび》は『婚約破棄《こんやくはき》された公爵令嬢《こうしやくれいじよう》は森に引き籠《こも》ります　黒のグリモワールと呪《のろ》われた魔《ま》女《じよ》』を手に取ってお読みくださって、ありがとうございます。

キュンキュンする恋愛《れんあい》ファンタジーが読みたい！　という衝動《しようどう》に突《つ》き動かされたのが、本作を書き始めたきっかけでした。

元々ファンタジー、恋愛、推理物など、ジャンルを問わず物語を読み漁《あさ》るのが好きなのですが、今回はしっかりとした世界観の中で繰《く》り広げられる冒険《ぼうけん》と、切なく胸を締《し》め付けるような恋愛を両立させた物語をどうしても書きたくなりました。その配分がかなり難しかったですが、作者なりに満足するバランスで書けたと感じております。

一見冷静で完璧《かんぺき》に見える主人公のクロエですが、実は感情表現が下手《へた》で、周囲との人間関係を築くのもあまり上手ではありません。そしてヒーローも同じく不器用な男です。そんな二人の心の動きを、読者さまにドキドキしてご覧いただけたとしたらかなり嬉しいです。

剣《けん》と魔法《まほう》の世界で二人がどのように立ち回っていくのか、そしてどのように恋心《こいごころ》を育んでいくのか、どうか温かく見守ってください。そして好きな場面を何度も読み返してキュンキュンを満喫《まんきつ》してください。

なお、素敵《すてき》なイラストを描《か》いてくださったイラストレーターのｉｙｕｔａｎｉ先生へ、この物語に素晴らしい彩《いろど》りを与《あた》えてくださったことに心から感謝いたします。

また本作を読者の皆さまにお届けできるようご協力くださった出版社さま並びに関係者の皆さまにも厚くお礼申し上げます。

そして最後になりましたが、この物語が読者の皆さまの心を豊かにし温かく潤《うるお》すことを心から祈《いの》りつつ、ご覧くださった方に最大級の感謝を捧《ささ》げます。

春野こもも

BEANS BUNKO

「婚約破棄された公爵令嬢は森に引き籠ります 黒のグリモワールと呪われた魔女」の感想をお寄せください。
おたよりのあて先
〒102-8177 東京都千代田区富士見2-13-3
株式会社KADOKAWA 角川ビーンズ文庫編集部気付
「春野こもも」先生・「iyutani」先生
また、編集部へのご意見ご希望は、同じ住所で「ビーンズ文庫編集部」
までお寄せください。

婚約《こんやく》破《は》棄《き》された公爵令嬢《こうしやくれいじよう》は森《もり》に引《ひ》き籠《こも》ります

黒《くろ》のグリモワールと呪《のろ》われた魔女《まじよ》

春野《はるの》こもも

角川ビーンズ文庫　22625

令和3年4月1日　初版発行

発行者――――青柳昌行
発　行――――株式会社KADOKAWA
〒102-8177　東京都千代田区富士見2-13-3
電話 0570-002-301（ナビダイヤル）
印刷所――――株式会社暁印刷
製本所――――株式会社ビルディング・ブックセンター
装幀者――――micro fish

ISBN978-4-04-111302-8 C0193 定価はカバーに表示してあります。　◇◇◇

シリーズ
好評発売中!
「やり直し令嬢は
竜《りゅう》帝《てい》陛《へい》下《か》を攻略中」
WEBで
話題!
人生2周目は10歳の
竜妃サマ⁉
しかも敵だった陛下に
求婚してました
永《なが》瀬《せ》さらさ
イラスト 藤《ふじ》末《み》都《つ》也《や》
婚約破棄された王太子と出会った場に、時間が戻った令嬢・ジル。破滅ルート回避のためとっさに求婚した相手は闇落ち予定の皇帝ハディス!? だが城でおいしいご飯を作ってもらい――決めた。人生やり直し、彼を幸せにします!

角川ビーンズ小説大賞
原稿募集中！
君の〝物語〟が
ここから始まる！
角川ビーンズ小説大賞がパワーアップ！
https://beans.kadokawa.co.jp
詳細は公式サイトでチェック!!!
【一般部門】&【WEBテーマ部門】
賞金 大賞 100万円
優秀賞 30万円
他副賞
締切 3月31日
発表 9月発表（予定）
イラスト／紫　真依